名作童謡

北原白秋…100選

名作童謡　北原白秋100選

春陽堂

目次

童謡100選

凡例

一、本書には、北原白秋が生前に刊行または企画した童謡集から、一〇〇編を選んで掲載した。
・童謡の本文は、一部をのぞいて、『白秋全集』（一九八四〜八八 岩波書店）によった。
・未完に終わった童謡集（『驢馬の耳』『赤いブイ』）の童謡の本文は、『白秋全集』第一一巻（一九三〇 アルス）によった。ただし、明らかな誤りは校訂した。
・「世界の子供」の本文は、『白秋童謡読本』尋五の巻（一九三一 采文閣）によった。
二、配列は童謡集の刊行順とした。同じ童謡集に収録された童謡は、その掲載順に配列した。
三、童謡の本文の漢字は新字体とし、かなは「五十音」をのぞいて現代かなづかいとした。
四、ルビは特殊な読みや難読・誤読のおそれのある語にのみつけた。個々の童謡の中では、原則として最初に登場する語にのみつけた。

童謡100選

蜻蛉《とんぼ》の眼玉

蜻蛉の眼玉は大《でっ》かいな、
銀ピカ眼玉の碧《あお》眼玉、
円《まア》るい円《まア》るい眼玉、
地球儀の眼玉、
忙《せわ》しな眼玉、
眼玉の中に、
小人が住んで、
千も万も住んで、
てんでんに虫眼鏡《むしめがね》で、あっちこっち覗《のぞ》く。

童謡集『とんぼの眼玉』（一九一九アルス）に収録。初出は一九一九（大8）年九月号の「赤い鳥」である。

どちらかというと、この童謡は白秋の研究家の間であまり評判が良くないようだ。確かに「クルクル、ピカピカ、ピッカピカ。」という擬態語などは平凡で、言葉の魔術師と呼ばれるような独自の言葉づかいが見られない。

しかし、蜻蛉の複眼に着目したアイデアがユニークだ。誰でも知識として複眼の仕組みは知っているが、誰ひとりとして蜻蛉の複眼で世界を覗いたことはない。《蜻蛉の眼で世界を覗いてみたい》と思うことは、子どもの発想である。自由律の童謡を通して、みごとにそうした欲求に応えてみせてくれ

上向《うウえむ》いちゃピカピカピカ。
下向《しイたむ》いちゃピカピカピカ。
クルクル廻しちゃピカピカピカピカ。

玉蜀黍《とうもろこし》に留《とま》れば玉蜀黍が映《うつ》る。
雁来紅《はげいとう》に留れば雁来紅が映る。
千も万も映る。
綺麗《きイれぃ》な、綺麗《きれぃ》な、
五色《ごしき》のパノラマ、綺麗《きイれぃ》な。

ところへ、子供が飛んで出た、
黐棹《もちざぉ》ひゅうひゅう飛んで出た。

る。また、追いかけてくる子どもの姿を複眼で見れば、確かに怖いだろう。そんな滑稽で意外な展開にも、抜群の面白さがある。

『二重虹』以降に確立する枯淡［こたん］な味とはまったく異なって、発想の面白さにこの童謡の価値がある。

「雁来紅」はヒユ科の園芸植物。同じ仲間のケイトウ（鶏頭）はニワトリの鶏冠［とさか］状に咲く花を観賞するが、ハゲイトウは赤・黄・緑・白などに色づく鮮やかな葉を鑑賞する。雁が渡ってくる季節に色づくという意味でこのような名がついた。だが、実際には夏から秋にかけてが見ごろである。ふつうは雁来紅と書いて《ガンライコウ》と読み、葉鶏頭と書いて《ハゲイトウ》と読む。

白秋は小田原・木兎の家に雁来紅を植えたが、百合の花が終わったあと、庭いっぱいに紅くなったという。

さあ、逃げ、
わあ、逃げ、
麦稈帽子《むぎわらぼうし》が追って来た。
千も万も追って来た。
おお怖《こわ》、
ああ怖。
ピカピカピカピカ、ピッカピカ、
クルクル、ピカピカ、ピッカピカ。

「パノラマ」は、通常の意味ではなく、いわゆるパノラマ万華鏡(teleidoscope)のことだろう。これは器具の先端部にレンズをつけ、外の景色を万華鏡模様に見せる装置である。

「黐棹」は先端にガム状のトリモチを付けたサオ。これを用いて小鳥や昆虫を捕える。

夕焼とんぼ

大きな、赤《あアか》い蟹《かに》が出て、
藺草《いぐさ》をチョッキリちょぎります。
藺草の中から火が燃えて、
その火が蜻蛉《とんぼ》に燃えついた。
蜻蛉は逃げても逃げきれぬ、
唐黍畑《とうきびばたけ》に逃げて来る、
唐黍の頭が紅《あこ》なった。
蓼《たで》の花《はアな》に飛んで来る、
蓼の花《はな》にも火がついた。

童謡集『とんぼの眼玉』に収録。初出は一九一八（大7）年一一月号の「赤い鳥」で、弘田龍太郎の曲がある。

夕焼けで真っ赤に染まった植物から植物へと、トンボが気ぜわしく飛びまわる。そんな情景を火事に追われることに見立てた童謡である。「助けて下され焼け死ぬる、」という叫びにトンボのあわてぶりがでていて面白い。猿の尻も赤いと締めくくれば通俗的になってしまうが、「赤んべ」と結んだところにとぼけた滑稽味があって良い。

抒情小曲集『思ひ出』（一九一一 東雲堂書店）に、「青いとんぼ」という詩がある。「青いとんぼの眼を見れば／緑の、銀のエメラウド、／青いとんぼの薄き翅〔はね〕／燈心草の穂に光る。」云々というもの。この詩を童謡に創りなおすと、「夕焼とんぼ」や「蜻蛉の眼玉」になるのだろう。

野川《のがわ》の薄《すすき》に留《とオま》った、
薄の穂さきも火になった。
お庭の鶏頭《けいとう》にやすみましょう、
鶏頭もいっぱい火事になる。
助けて下され焼け死ぬる、
蜻蛉は藺草に縋《すが》りつく。
蜻蛉の眼玉は円《まる》ござる、
くるくる廻せば山が見え、
山の中から猿が出て、
あっち向いちゃ、赤《あアか》んべ、
こっち向いちゃ、赤《あアか》んべ。

「藺草」はイグサ科の多年草。茎は花むしろや畳表などの材料になる。髄〔ずい〕は行燈〔あんどん〕などの燈心に利用されるため、燈心草とも呼ばれる。「唐黍」はトウモロコシのこと。穂の先端の赤いヒゲを髪の毛に見立てている。「蓼」はタデ科の植物。特有の辛味があって、食用になる。草丈は二〇〜八〇センチほどで、夏から秋にかけて小さな白い花を穂状に咲かせる。ツボミや花柄が赤い。

白秋は『お話・日本の童謡』（一九二四　アルス）で「とんぼとろろ。／いしの家〔うち〕が焼けたら、／そこいらとまれ。」という常陸（茨城県）のわらべ唄を紹介している。「いしの家」とはお前の家ということ。外は暑い、蓼や葉鶏頭が火事のようです、という意味の解説をつけている。初期の白秋童謡の特徴がわらべ唄への回帰にあったことがわかる。

お祭

わっしょい、わっしょい、
わっしょい、わっしょい。
祭だ、祭だ。
背中に花笠、
胸には腹掛《はらがけ》、
向《むこ》う鉢巻《はちまき》、そろいの半被《はっぴ》で、
わっしょい、わっしょい。

童謡集『とんぼの眼玉』に収録。初出は一九一八（大7）年一〇月号の「赤い鳥」である。弘田龍太郎のほか、成田為三〔ためぞう〕などの曲がある。

「山王」は東京の日枝〔ひえ〕神社のこと。古くは日吉〔ひえ〕山王社などと称した。太田道灌〔どうかん〕が京都の新日吉〔いまひえ〕神社の分霊社を川越から江戸城内に移したことに由来する。神田明神の神田祭と並んで、神輿が江戸城内に入城して将軍が上覧する《天下祭》であった。

白秋は『緑の触角』（一九二九 改造社）所収の「童謡私観」で、「お祭」は極端にまで飛び跳ねる子どもの有頂天を自分自身の有頂天にしてい

わっしょい、わっしょい、
わっしょい、わっしょい。
神輿《みこし》だ、神輿だ。
神輿のお練《ねり》だ。
山椒は粒でも、ピリッと辛いぞ、
これでも勇みの山王《さんのう》の氏子《うじこ》だ。
わっしょい、わっしょい。

わっしょい、わっしょい。
わっしょい、わっしょい。
真赤だ、真赤だ、夕焼小焼だ。
しっかり担《かつ》いだ。

る、という意味のことを書いている。つまり、「わっしょい、わっしょい」とたたみかけるリズムにのせて、圧倒的なエネルギーに満ちあふれた子どもの姿に共鳴する白秋の想いを描いているのである。

その一方で、熱狂する祭の背後では、いつのまにか夕焼小焼の空が十五夜お月様の空に移り変わっている。祭を一瞬の喧噪としてではなく、躍動し流動し続けるイメージで捉えたところにも、この童謡のすぐれた特徴が見られる。

「鬼灯」はナス科の植物。赤く球状にふくらんだ果実を鑑賞する。夏の風物詩である。

明日《あした》も天気だ。
そら、揉《も》め、揉め、揉め。
わっしょい、わっしょい。

わっしょい、わっしょい。
わっしょい、わっしょい。
俺《おい》らの神輿だ。死んでも離すな。
泣虫ゃすっ飛べ。差上《さしあ》げて廻した。
揉め、揉め、揉め、揉め。
わっしょい、わっしょい。

わっしょい、わっしょい、

わっしょい、わっしょい。
廻すぞ、廻すぞ、
金魚屋も逃げろ、鬼灯屋《ほおずきや》も逃げろ。
ぶつかったって知らぬぞ。
そら退《ど》け、退け、退け、
わっしょい、わっしょい。

わっしょい、わっしょい、
わっしょい、わっしょい、
子供の祭だ、祭だ、祭だ、
提灯《ちょうちん》点《つ》けろ、
御神燈《ごしんとう》献《あ》げろ、

十五夜お月様まんまるだ。
わっしょい、わっしょい。

わっしょい、わっしょい、
わっしょい、わっしょい。
あの声何処《どこ》だ、
あの笛何《なん》だ。
あっちも祭だ、こっちも祭だ。
そら揉め、揉め、揉め。
わっしょい、わっしょい。

わっしょい、わっしょい、

わっしょい、わっしょい。
祭だ、祭だ。
山王の祭だ、子供の祭だ。
お月様紅《あか》いぞ、御神燈も紅いぞ。
そら揉め、揉め、揉め、
わっしょい、わっしょい。

わっしょい、わっしょい。
わっしょい、わっしょい。

鳰《にお》の浮巣《うきす》

鳰《にイお》の浮巣に灯《ひ》がついた、
灯がついた。
あァれは蛍か、星の尾か、
それとも蝮《まむし》の目の光。
蛙《かわず》もころころ啼《な》いている、
啼いている。
ねんねんころころ、ねんころよ。
梟《ふくろ》もぽうぽう啼き出した。

童謡集『とんぼの眼玉』に収録。初出は一九一九（大8）年六月号の「赤い鳥」である。弘田龍太郎のほか、成田為三などの曲がある。

「鳰」はカイツブリのこと。福岡県地方では、ケツグリとかケヅクリなどという。カイツブリ科の水鳥。首のあたりが茶褐色で、潜水が得意。アシなどの茂る水辺に巣をつくるが、その巣は水面に浮かんだまま水の増減につれて上下する。これを「鳰の浮巣」といって、古典文学にも登場する。

白秋は『お話・日本の童謡』で、「ケツグリの頭に火〔ひ〕んちいた。／すんだと思ったら、ケエ消えた。」という柳川のわらべ唄を紹介。あの尻声を長く曳いたケツグリの啼き声ほどさ

びしく聴こえるものはなく、人家の燈かげが水の流れに映ると、鳰の浮巣までがぽうっと川霧に湿って、まるで小さなランプでもともしたようにちろめく、という意味のことを書いている。

　また、小さいとき、乳母の背中に負ぶさって、蛍の出盛る堀端などを見にいくと、むこうの草むらなどにピカピカ光るのが、一つ目小僧のように怖かった、ともいう。

　『思ひ出』には、「あの眼の光るは／星か、蛍か、鵜〔う〕の鳥か、／蛍ならばお手にとろ、／お星様なら拝みましょう…」という子守唄のことが載っている。

金魚

母《かあ》さん、母さん、
どこへ行《い》た。
紅《あアか》い金魚と遊びましょう。

母さん、帰らぬ、
さびしいな。
金魚を一匹突き殺す。

童謡集『とんぼの眼玉』に収録。初出は一九一九（大８）年六月号の「赤い鳥」である。成田為三のほか、中野二郎などの曲がある。

子どもの心の奥底をかいま見ておもわずぞっとするが、金魚を殺すことは母をひたすら待ち続ける子どもの愛情表現の裏がえしである。最後の「母さん怖いよ。」という叫びからして、子どもは自分の行為が怖いにちがいない。それが子どもの成長の糧になるなら、子どもの現実の姿である残虐性から目をそむけるわけにはいかないだろう。

西條八十はこの童謡を残酷だと批判。これに対して、白秋は「童謡私観」（『緑の触角』所収）に、子どもの

まだまだ、帰らぬ、
くやしいな。
　金魚を二匹《にイひき》締め殺す。

なぜなぜ、帰らぬ、
ひもじいな。
　金魚を三匹捻《ね》じ殺す。

涙がこぼれる、
日は暮れる。
　紅い金魚も死《しイ》ぬ、死《し》ぬ。

残虐性は肯定しないが子どもの残虐性そのものはあり得る話だ、という意味の反論を書いた。子どもの残虐性は成長が別な方向に変化した形態であり、子どものもつ残虐性をただ悪いことだと決めつけるのは、おとなの道徳観の押しつけではないか。結論として、もし教育家が「金魚」を採用しないなら勝手にすればいい。わたしは教育用だけを目的に童謡を創らない。だからこそわたしの童謡は芸術なのだ、という。

「わたしの家［うち］」（『兎の電報』所収）にも「金魚の鉢に、／金魚が住んで、／金魚が死んだら、／蟾蜍［かえろ］が住んで、／私の家でござる。／私の家でござる。／蟾蜍はいやよ、／松の葉の針で、／左の眼をチクリ、／右の眼をチクリ。／あ痛、あ痛、あ痛った。／あ痛、あ痛、あ痛った。」とある。「蟾蜍」はカエルのこと。残

母さん怖いよ、
眼が光る、
ピカピカ、金魚の眼が光る。

酷性ばかりがめだつが、白秋は『お話・日本の童謡』で「蛙の目だまに針立てて、／とこ飛ばりよか、飛んで見な。…」という石見［いわみ］のわらべ唄を紹介している。こういう残酷性はわらべ唄によく見られるものだ。

ところで、童心主義は子どもの心は純真だという理想を掲げた文芸思潮である。こうした童謡から見ると、白秋の童謡は童心主義に収まりきれない、ということがわかる。

雨

雨がふります。雨がふる。
遊びにゆきたし、傘《かさ》はなし、
紅緒《べにお》の木履《かっこ》も緒が切れた。

雨がふります。雨がふる。
いやでもお家《うち》で遊びましょう、
千代紙折りましょう、たたみましょう。

童謡集『とんぼの眼玉』に収録。初出は一九一八（大7）年九月号の「赤い鳥」である。弘田龍太郎のほか、成田為三の曲がある。

七・五・八・五・八・五の定型にのせて、降り続く雨の日の憂鬱な気分を情緒たっぷりに表現している。「雨がふります。雨がふる。」の繰りかえしや、第三連で家の外の小雉子に目を転じて変化をつけるあたりが、いかにも白秋調の名作である。

白秋は「木履」を《かっこ》と読ませている。これはカラコロという擬音から転じた幼児語であり、ふつうは《ぽくり》と読む。材の底を後部は丸く、前部はまえのめりに削り、漆などで彩色した下駄のことで、おもに女の子が履く。

初出では「お下駄」とあったものを、童謡集では語感からしていかにも女の子らしくかわいい感じの「木履」

雨がふります、雨がふる。
けんけん小雉子《こきじ》が今啼《な》いた、
小雉子も寒かろ、寂しかろ。

雨がふります。雨がふる。
お人形寝かせどまだ止《や》まぬ。
お線香花火もみな焚いた。

雨がふります。雨がふる。
昼もふるふる。夜もふる。
雨がふります。雨がふる。

に差し替えた。弘田龍太郎の曲では「お下駄」と歌われることがある。

　女の子は雨の中をおして遊びにいくようなことはせず、家の中でじっとおとなしく雨のやむのを待っている。おとなの目からすればたしかに良い子にはちがいないが、こうした子ども像にもの足りなさを感じる、という趣旨の批判もある。

　だが、必ずしも元気で腕白な子どもばかりが童謡に描かれるべきだ、ということもないだろう。

赤い帽子、黒い帽子、青い帽子

ここは谷川、丸木橋。

赤い帽子をかぶった子供、
黒い帽子をかぶった子供、
青い帽子をかぶった子供。

渡るにゃあぶなし、戻られず。
みんなが前向き、一、二《にい》、三、
みんなが後《あと》向き、一、二、三。

童謡集『とんぼの眼玉』に収録。初出は一九一八（大7）年九月号の「赤い鳥」で、「まる木橋」というタイトルがつけられていた。弘田龍太郎のほか、草川信［くさかわしん］の曲がある。

遊戯唄の形式をとっている。三色の帽子をかぶり、谷川の丸木橋を渡る動作をして、地面か丸太の上を歩く。帽子を取り替えると、《笑》《泣》《怒》の所作が入れ替わる。「一、二、三」の弾むようなリズムにのって、楽しい遊びの雰囲気が伝わってくるようだ。

「ここは谷川、丸木橋。」のたった一行で場面設定のすべてを過不足なく終えてしまう。そういう手法はわらべ唄に学んだのだろう。創作童謡へみごと

赤い帽子は笑い出す、
黒い帽子は泣《なア》き出す、
青い帽子は怒り出す。

みんながびくびく、一、二、三、
みんながぶるぶる、一、二、三。

にそれを活かしきった手腕は、とうてい並の詩人の及ぶところではない。

曼珠沙華《ひがんばな》

ゴンシャン、ゴンシャン、何処《どこ》へ行《ゆ》く。
赤いお墓の曼珠沙華、
曼珠沙華、
きょうも手折《たお》りに来たわいな。

ゴンシャン、ゴンシャン、何本か。
地には七本《しちほん》血のように、
血のように、
ちょうどあの児《こ》の年《とし》の数。

童謡集『とんぼの眼玉』に収録。初出は不詳。かつて『思ひ出』に詩として収録したものを童謡として再録した。山田耕筰の曲がある。

もともと、童謡として書かれたものではないが、白秋はアルス版の増補新版『思ひ出』（一九二五）に、幼時を追憶したものは歌調さえ飜［ひるがえ］せばそのままに童謡となるべき題材だ、という意味のことを書いている。

「曼珠沙華」は彼岸花のこと。ヒガンバナ科の多年草で、あぜ道や河原などに自生する。秋の彼岸の頃に真っ赤な花を咲かせるのでその名がついた。毒草であるが、飢饉のときなどは毒抜きをして食糧にする。火事を連想させるといわれたり、墓地に咲くことが多

ゴンシャン、ゴンシャン、気をつけな。
ひとつ摘んでも、日は真昼、
日は真昼、
ひとつあとからまたひらく。

ゴンシャン、ゴンシャン、何故《なし》泣くろ。
何時《いつ》まで取っても曼珠沙華、
曼珠沙華、
恐《こわ》や、赤しや、まだ七つ。

註　ゴンシャンは九州の柳河という町の言葉で、お嬢さんということです。

いこともあったりして、不吉な花として語られることが多い。

白秋にとって、曼珠沙華は幼年時代を彩り、絢爛〔けんらん〕たる色彩をたたえる怪花のイメージがあった。

「ゴンシャン」は、『思ひ出』ではGonshanとローマ字で表記。同書には、七歳の日に美しく小さなGonshanへ初恋の感情を抱いた思い出が書かれている。

とおせんぼ

赤《あアか》い赤《あアか》い鳳仙花《ほうせんか》。
白《しイろ》い白《しイろ》い鳳仙花。
その中くぐって通りゃんせ。
赤《あアか》い花ちるよ。
白《しイろ》い花ちるよ。
いやいや、おまえは通しゃせぬ。

童謡集『とんぼの眼玉』に収録。初出は一九一八（大7）年八月号の「赤い鳥」で、弘田龍太郎などの曲がある。

これも遊戯唄の形式をとった童謡である。「通りゃんせ。」からはあまりにも有名な遊びが連想される。

「鳳仙花」はツリフネソウ科の一年草。二〇～七〇センチほどに成長し、初夏から秋口にかけて赤・ピンク・白などの彩り鮮やかな花を咲かせる。熟した実に少し触れるだけで種子がはじけ飛ぶので、子どもは遊びに利用する。また、別名をツマベニとかツマクレナイといい、女の子は花の汁で爪を染める遊びに利用する。むかしから子どもたちに親しまれてきた植物である。

山《やま》のあなたを

山《やアま》のあなたを
見わたせば、
あの山恋《やまこウい》し、
里こいし。

山のあなたの
青空よ、
どうして入日が
遠ござる。

童謡集『とんぼの眼玉』に収録。初出は一九一八（大7）年八月号の「赤い鳥」である。弘田龍太郎のほか、成田為三や山田耕筰などの曲がある。

「あなた」は《むこう》とか《かなた》のこと。七・五調のリズムにのせて望郷の想いが歌われている。

ここでイメージされている「里」は、白秋の母の実家のある山あいの里であるかもしれない。白秋は「わが生いたち」（『思ひ出』所収）で、わたしの第二の故郷は肥後の南関〔なんかん〕（現・熊本県玉名郡南関町〔まち〕）であった。南関は柳河（現・柳川）より東五里、筑後境の物静かな山中の小市街で、山の空気は常に爽やかな幼年時代の官感を刺戟せずには措かなかっ

山のあなたの
ふるさとよ、
あの空恋し、
母こいし。

た、という意味のことを書いている。

　白秋の短歌に「夏山は霞わけつつ持て来たる山桃ゆえにそのよき姥［うば］を」（「姥」は白秋の母の乳母を務めた人のこと）などがある。白秋はこの地で、柳川のクリークとはまるでちがった山の風景に親しんだのである。

赤い鳥小鳥

赤い鳥、小鳥、
なぜなぜ赤い。
赤い実をたべた。

白い鳥、小鳥、
なぜなぜ白い。
白い実をたべた。

童謡集『とんぼの眼玉』に収録。初出は一九一八（大7）年一〇月号の「赤い鳥」である。成田為三のほか、松島彝〔つね〕などの曲がある。小田原にある伝肇寺〔でんじょうじ〕と白秋童謡館の敷地内には、この童謡の碑がある。

　白秋によれば、「赤い鳥小鳥」はわたしの童謡の本源である、という。なぜなら、白秋はわらべ唄の伝統を新しい創作童謡に活かすことを熱心に試みたからで、この童謡は「ねんねの寝た間〔ま〕に、／何しょいの。／小豆餅〔あずきもち〕の、／橡〔とち〕もちや。／赤い山へ持ってゆけば、赤い鳥がつつく。／青い山へ持ってゆけば、青い鳥がつつく。／白い山へ持ってゆけ

青い鳥、小鳥、
なぜなぜ青い。
青い実をたべた。

ば、白い鳥がつつく。」という北海道の帯広に伝わる子守唄をヒントに着想されている。

白秋は『お話・日本の童謡』で、黒い実をたべたら黒い鳥になるでも良かったし、茶色でも紫でも良かった、という意味のことを書いている。おとなの考えるように童謡の内容をむずかしく考える必要はないのだ、という。

赤い実をたべたら赤い鳥になるという単純明快さこそが子どもの発想であり、おとなのこざかしい理屈はどこにも見られない。単純明快な子どもの発想といい、《ア》音と《イ》音を基調にしたシンプルな音韻構成といい、言葉を極限まで刈り込む手法といい、この「赤い鳥小鳥」はあらゆる点で白秋童謡の頂点のひとつだといえる。

うさうさ兎

てんてん手毬《てまり》、
おてんてん手毬、
手毬の中に、
何がいて跳ねる。
てんてん手のなし、
めんめん眼のなし、
みんみん耳のなし、
うさうさ兎の子が跳ねる。

童謡集『とんぼの眼玉』に収録。初出は一九一九（大8）年一月号の「赤い鳥」で、「うさうさ兎の子（手毬歌）」というタイトルのもとに掲載された。弘田龍太郎の曲がある。

オーソドックスな手毬唄の形式の童謡である。白秋は「童謡私鈔」（「詩と音楽」一九二三年一月号）で、おおよそ次のように解説している。

――わたしは手毬唄を改めて新しい童謡として芸術の香気あるものに為［なし］たいと念じた。この手毬唄を見る人は何の意味もないというかもしれないが、このナンセンスなところに特別な意味がある。童謡には時として無意味の恍惚を必要とする。手毬の中から追い出された兎の子が、耳が出、目がつき、手足が出てぴょんぴょんと跳ねていく。そうしてひとつひとつと遠い雪のお山に追い立てられる。手毬の調子でただ言葉を意味もなく操ってい

一つ追い出そ。
二つ追い出そ。
三つ追い出そ。
四つ追い出そ。
五つ追い出そ。
六つ追い出そ。
七つ追い出そ。
八つ追い出そ。
九つ追い出そ。
手毬てんてん、雪こんこん、
遠いお山の山奥へ、
十《とお》、とうとう追い出した。

るようで、それとはいわぬナンセンスが自分にはうれしい。

　しかし、藤田圭雄は『日本童謡史』（一九七一　あかね書房）で、「てんてん手のなし、」のような古風な語呂合わせを子どもの興味につながるものと考えているところには、明らかに明治の殻が感じられる、と記している。

　この手毬唄に不快な思いをする障害者のいることも否定できないが、歴史的表現のため、そのままにした。

　ところで、白秋が小田原・お花畑に住んだ頃、妹・家子への手紙に「兎を二匹飼っている。鶩「あひる」も貰ったが、その鶩は紅「あか」い頸巻「くびまき」をしめている」と書いた。これを妹の夫・山本鼎「かなえ」が《兎》の字を《鬼》に取りちがえて、「鬼を二匹飼っている。驚「おどろき」も貰ったが、その驚は紅い頸巻をしめている」と読み実に驚いた、という。

あわて床屋《とこや》

春は早うから川辺の葦《あし》に、
蟹《かに》が店出し、床屋でござる。
チョッキン、チョッキン、チョッキンナ。

小蟹《こがに》ぶつぶつ石鹸《しゃぼん》を溶《と》かし、
親爺《おやじ》自慢で鋏《はさみ》を鳴らす。
チョッキン、チョッキン、チョッキンナ。

童謡集『とんぼの眼玉』に収録。初出は一九一九（大8）年四月号の「赤い鳥」である。石川養拙［ようせつ］などの曲があるが、いまでは山田耕筰の曲が最も好まれている。

　一九一九（大8）年六月、「赤い鳥」一周年記念音楽会が開催された。この音楽会では養拙の曲が歌われている。出席者の反応もおおむね好意的であったが、白秋は同年九月号の「赤い鳥」で、養拙の曲はわたしの気もちとかなり相違している、という意味の感想を書いた。童謡は作曲しないで子どもたちの自然な歌い方にまかせたほうが良い、というのだ。

　初期の頃の白秋が、自分の童謡に作曲されることをあまり好んでいなかっ

そこへ兎がお客にござる。
どうぞ急いで髪《かみ》刈《か》っておくれ。
チョッキン、チョッキン、チョッキンナ。

兎ァ気がせく、蟹ァ慌てるし、
早く早くと客《きゃく》ァ詰めこむし。
チョッキン、チョッキン、チョッキンナ。

邪魔なお耳はぴょこぴょこするし、
そこで慌ててチョンと切りおとす。
チョッキン、チョッキン、チョッキンナ。

た、という説もある。しかし、白秋としては、養拙の曲が従来の唱歌調の域をでず、新鮮なイメージのないことに苦言を呈したかっただけのようだ。

ところで、「あわて床屋」をめぐっては、面白い創作のエピソードが伝わっている。

小田原時代の白秋が、なじみの床屋で少しばかりカミソリで耳たぶを傷つけられた。しばらくして、白秋が床屋にやってくると、店主にこの童謡を差しだして見せたのだという。

原稿を差しだされた床屋の店主も驚いたろうが、当時の人びともまた大いに驚いたにちがいない。なぜなら、「チョッキン、チョッキン、チョッキンナ。」の軽快なリズムにのせてユーモアたっぷりに語るようなバラードは、これまでに例がなかったからである。

ただ、ウサギの耳を切るのは残酷

兎ァ怒るし、蟹ァ恥《はじ》よかくし、
為方《しかた》なくなく穴へと逃げる。
チョッキン、チョッキン、チョッキンナ。
為方なくなく穴へと逃げる。
チョッキン、チョッキン、チョッキンナ。

だ、という理由からこの童謡をきらう人がごくまれにある。童謡に限らず、日本の子どもむけの文学を読むおとなたちには、ナンセンスやユーモアを容易に受け入れようとしない妙な《きまじめさ》があるようだ。

雀のお宿

笹藪、小藪《こやぶ》、小藪のなかで、
ちゅうちゅうぱたぱた、雀の機織《はたおり》。
彼方《あちら》でとんとん、
此方《こちら》でとんとん、
やれやれ、いそがし、日がかげる。
ちゅうちゅうぱたぱた、ちゅうぱたり。

雀、雀、雀の子らは、
ちゅうちゅうぱたぱた、その梭《おさ》ひろい。

童謡集『とんぼの眼玉』に収録。初出は一九一九（大8）年五月一九日付の「大阪朝日新聞」である。弘田龍太郎のほか、成田為三などの曲がある。

子どもの唄に昔話を利用する試みは、明治時代からすでにあった。石原和三郎の「キンタロウ」（一九〇〇）や巌谷小波の「一寸法師」（一九〇五）などがそれで、物語唱歌と呼ばれている。わかりやすい話しことばと親しみやすい題材でできていることから、大流行した。この流れは文部省唱歌にも取り入れられている。

この童謡の新しいところは、昔話のストーリーからすっかり離れて、雀たちが葛籠「つづら」に入れるお土産用の反物を一所懸命に織っている様子を

上へ行ったり、
下へ行ったり、
やれやれ、いそがし、日がつまる。
ちゅうちゅうぱたぱた、ちゅうぱたり。
青縞《あおじま》、茶縞《ちゃじま》、茶縞のおべべ、
ちゅうちゅうぱたぱた、何反《なんだん》織れたか。
朝から一反《たん》、
昼から一反、
やれやれいそがし、日が暮れる。
ちゅうちゅうぱたぱた、ちゅうぱたり。

童謡にしていることである。ストーリーの叙述は「舌切雀」（『とんぼの眼玉』所収）のほうに譲って、はたおりの様子がリズミカルに活写されている。

　ただ、「ちゅうちゅうぱたぱた、ちゅうぱたり。」はやや平凡で、まだ白秋らしい言葉のきらめきが見られない。

「梭」はふつう《かび》または《ひ》と読む。織機の部品のひとつで、よこ糸を通すために用いる。

物臭太郎《ものぐさたろう》

物臭太郎は朝寝坊、
お鐘が鳴っても目がさめぬ、
鶏《こけこ》が啼《な》いてもまだ知らぬ。

物臭太郎は家《うち》持たず、
お馬が通《とお》れど道の端《はた》、
お地頭《じとう》見えても道の端。

童謡集『とんぼの眼玉』に収録。初出は一九一九（大8）年五月号の「赤い鳥」である。弘田龍太郎のほか、成田為三や草川信の曲がある。

これも、昔話を題材にした童謡である。「舌切雀」（『とんぼの眼玉』所収）といっしょに初出雑誌へ掲載された。

「赤い鳥」に掲載された童話の多くは、昔話や神話・伝説の再話であった。白秋もそうしたことから影響を受けたのかも知れない。ただ、ストーリーの本筋とは無関係に、「お空の向うを見てばかり、／桜の花を見てばかり。」と、叙景で締めくくるところに白秋童謡らしさが現れている。

「地頭」は平安末期の領主、または

物臭太郎はなまけもの、
お腹《なか》が空《す》いても臥《ね》てばかり、
藪蚊が螫《さ》しても臥てばかり。

物臭太郎は慾《よく》しらず、
お空の向《むこ》うを見てばかり、
桜の花を見てばかり。

荘園管理者のことである。地頭が物臭太郎を見とがめることから物語が急展開。都へのぼった物臭太郎は短歌の才能を発揮し、姫に見そめられて出世する。

雉《きじ》ぐるま

雉《きイじ》、雉《きイじ》、雉《きじ》ぐるま、
お雉の背中に積むものは、
子雉、子々《ここ》雉、孫の雉。

雉、雉、雉ぐるま、
お雉のくるまを曳《ひ》くものは、
子鳩、子々鳩、孫の鳩。

童謡集『とんぼの眼玉』に収録。初出は一九一八（大7）年七月創刊号の「赤い鳥」である。弘田龍太郎のほか、佐々木すぐるなどの曲がある。

自註にある「筑後の清水寺」は、柳川にほどちかい山門［やまと］郡瀬高［せたか］町の本吉［もとよし］山清水寺のこと。西暦八〇六（大同1）年、唐から帰朝した伝教大師（最澄）が山中で道に迷ったところ、キジに導かれてこの地にたどりつき寺を開いた、という伝承がある。

白秋はアルス版『白秋全集』で、行基の歌を削除したうえ、「この寺は京の清水とおなじく伝教大師という方の御開基です」と、自註の誤記をあらためた。ただし、京都の音羽［おとわ］

雉、雉、雉ぐるま、
雉は子の雉、父恋し、
鳩は子の鳩、母恋し。

雉、雉、雉ぐるま、
雉はけんけん、鳩ぽっぽ、
啼《な》いてお山を今朝《けさ》越えた。

雉ぐるまの玩具は今でも筑後の清水寺の観世音で売っています。この寺は行基菩薩という方の御開基です。

ほろろうつ山の雉子［きぎす］の声きけば父かとぞ思ふ
母かとぞ思ふ。　行基

山清水寺は延鎮上人の開基と伝えられる。

「雉ぐるま」は、九州各地に伝わる愛らしい郷土玩具。伝教大師の伝承にちなんだ玩具は、清水系と呼ばれる。キジをかたどった木製の胴に四輪の車を取りつけるところが特徴で、雄は赤と緑、雌は赤と黒に彩色される。大小があるので、白秋はこれを「子雉、子々雉、孫の雉。」に見立てたのであろう。

本吉山清水寺の境内には、白秋の短歌「父恋し母恋してふ子の雉子は赤と青もて染められにけり」にゆかりの碑がある。

兎の電報

えっさっさ、えっさっさ、
ぴょんぴょこ兎が、えっさっさ、
郵便はいだつ、えっさっさ、
唐黍《とうきび》ばたけを、えっさっさ、
向日葵《ひまわり》垣根《がきね》を、えっさっさ、
両手をふりふり、えっさっさ、
傍目《わきめ》もふらずに、えっさっさ、
「電報。」「電報。」えっさっさ。

童謡集『兎の電報』（一九二一 アルス）に収録。初出は一九一九（大8）年一〇月号の「赤い鳥」である。佐々木すぐるのほか、成田為三や弘田龍太郎などの曲がある。

大正のなかばから新しい童謡が人気を集めるなかで、新潟市内の小学校の教師たちが《新潟市児童音楽研究会》という会を結成。童謡運動の指導的立場にあった白秋を新潟に招待して、一九二二（大11）年六月一二日に歓迎童謡音楽会を開いている。

白秋の『お話・日本の童謡』によると、二千人あまりもの子どもたちが新潟県師範学校（現・新潟大学）の講堂にギッシリつまって待ち受けていた。白秋がいよいよ講壇にあがると、子どもたちはワッワッと騒いで、手をたたく。白秋もうれしくなって、ふるえる声で「ほうほう蛍」を歌ったり、「金魚の鉢に」や「兎の電報」を手まねで演じて見せたりしたという。

白秋が「ぴょんぴょこ兎が、えっさっさ、」と両手をふりふり講壇の上をかけまわると、ポケットに入れていた仁丹の缶がいっしょにカランカランと鳴る。すると、子どもたちもそれを面白がって、会は大いに盛りあがったと伝えられている。

むかしは郵便も電報も、同じ逓信省が管轄する官業であった。この童謡では、ぎらぎら照りつける真夏の太陽に負けず、懸命に走りまわるウサギを郵便（電報）配達夫に見立てて、やや月並みであるものの平易な擬音語・擬態語を巧みに織り交ぜ、テンポよく描いている。子どもたちはこうした軽快なリズム感を好むものだ。

栗鼠《りす》、栗鼠、小栗鼠《こりす》

栗鼠、栗鼠、小栗鼠、
ちょろちょろ小栗鼠、
杏《あんず》の実《みイ》が赤いぞ、
食べ食べ小栗鼠。

栗鼠、栗鼠、小栗鼠、
ちょろちょろ小栗鼠、
山椒の露が青いぞ、
飲め飲め小栗鼠。

童謡集『兎の電報』に収録。初出は一九一八（大7）年七月創刊号の「赤い鳥」である。成田為三のほか、弘田龍太郎などの曲がある。

子どものリスではなくて「小栗鼠」であるところに、微妙なちがいを読み取りたい。「栗鼠、栗鼠」「ちょろちょろ」と同音を重ね、さらに「栗鼠、栗鼠、小栗鼠、／ちょろちょろ小栗鼠、」という詩句全体を反復する技法を用いて、野生のリスのすばやい動きをリズミカルに表現した。

七・七・七・五・七の定型律や「…ぞ」の繰りかえしなど、創作童謡にわらべ唄調を取り入れている。また、各連ごとに「赤」「青」「白」の鮮やかな彩りを加えて変化をつけた。すでに「赤い

栗鼠、栗鼠、小栗鼠、
ちょろちょろ小栗鼠、
葡萄《ぶどう》の花が白いぞ、
揺れ揺れ小栗鼠。

鳥」第一作めの童謡にして、白秋童謡の特徴がよく現れている。

『とんぼの眼玉』では、第一連の後半が「葡萄の房〔ふウさ〕が熟〔うウ〕れたぞ、／啼け、啼け、小栗鼠。」に、第二連の後半が「あっちの尻尾が太いぞ、／揺れ、揺れ、小栗鼠。」に、第三連の後半が「ひとりで飛んだらあぶないぞ、／負〔おぶ〕され、負され、小栗鼠。」にあらためられた。

しかし、白秋は色彩表現にも愛着があったとみえて、『兎の電報』では「赤い鳥」の形態にもどされている。

なお、「ブドウの花は白くない」という人がある。ブドウは初夏の頃に花を咲かせるが、野生種の花弁は黄緑色であり、園芸種は開花時に花弁がはじけ飛んで白い柄の雄しべがむきだしになる。いずれかの花を「白いぞ」と詩的に表現したのだろう。山椒の葉についた露が青くないのと同様である。

かやの実

こんがり、こんがり、焼けました、
お山で拾うた榧《かアや》の実、
こんがり、こんがり、焦げて来た。
ひとつは坊やにあげましょか、
ひとつはお婆《ばば》が食べてあぎょ。
こんがり、こんがり、焼けました、
お山で拾うた榧の実。

童謡集『兎の電報』に収録。初出は一九二〇（大9）年二月号の「赤い鳥」である。弘田龍太郎のほか、山田耕筰などの曲がある。

「かや」はイチイ科の常緑高木。雌雄異株なので、雌株にだけ結実する。秋になると、二〜三センチほどの楕円形の実が紫赤色に熟す。果皮から良質な食用油や整髪油が採れ、果核は食用になる。夜尿症などに薬効もある。

白秋は『お話・日本の童謡』で、日本の子どもはよく、椎やどんぐりや榧の実を拾いにでる。冬になると山家のお婆さんは炉ばたで、炮碌〔ほうろく〕をかけて、こんがりと焼いてくれる。夜はしぐれが降って、お猿が啼く。こうした物淋しい、そんな香ばしいお伽噺のなかの暮らしは、どうしても日本のものだ、という意味のことを書いている。

関連する童謡に「かやの木山の」（『花咲爺さん』所収）がある。

どんぐりこ

どんぐりこっこ、どんぶりこ、
団栗《どんぐり》こが水に、
どんぶりこと落ちる。
どんぶりこっこ、どんぐりこ。
どんぐりこっこ、どんぶりこ、
団栗こが夢に、
どんぶりこと落ちる。
どんぶりこっこ、どんぐりこ。

童謡集『兎の電報』に収録。初出は一九一九（大8）年一〇月号の「赤い鳥」で、「団栗［どんぐり］」というタイトルのもとに掲載された。弘田龍太郎のほか、加藤照顕［てるあき］などの曲がある。

「どんぐりこっこ、どんぶりこ、」や「どんぶりこっこ、どんぐりこ。」というリズミカルな詩句の繰りかえしによって、無邪気で楽しい雰囲気が演出されている。一九二一（大10）年発表「どんぐりころころ」（青木存義［ながよし］・作詞／梁田貞［やなだただし］・作曲）の《どんぐりころころ　ドンブリコ…》が連想されるが、これは白秋の影響かもしれない。

——南関町の母の実家でのこと。春

どんぐりこっこ、どんぶりこ、
団栗こが夜《よ》っぴて、
どんぶりこと落ちる。
どんぶりこっこ、どんぐりこ。

祭の前後にどんぐりの実がお池の水に落ちる音を聴き、わかい叔母の乳くびを何となく手で触った。

『思ひ出』に、そんな幼い日の出来事が記され、「どんぐり」と題する詩も掲載されている。

「団栗こが夢に、／どんぶりこと落ちる。」は、いかにも白秋好みの表現。幼い日に想いを馳せているのだろう。

——わたしの童謡は幼年時代の体験から得たものが多い。あゝ、郷愁！郷愁こそは人間本来の最も真純なる霊の愛着である。

白秋は「童謡私観」（『緑の触角』所収）で、おおよそ、このように記している。

雪のふる晩

大雪、小雪、
雪のふる晩に、
誰《だアれ》か、ひとり、
白い靴はいて、
白い帽子かぶって。

大雪、小雪、
雪のふる街を、

童謡集『兎の電報』に収録。初出は一九二〇（大9）年一月号の「赤い鳥」で、「雪のふる夜［よ］」というタイトルのもとに掲載された。成田為三のほか、本居長世［もとおりながよ］や大中恩［おおなかめぐみ］などの曲がある。

生肝取［いきぎもとり］の妖怪についても、『思ひ出』に記述がある。夜がきて三日月の光の差し入る幼い白秋の寝部屋にも、青い眼をした生肝取がやってくる。夕刻になって、曼珠沙華のかげをイタチがあわただしく横切るあとからも、生肝取は忍んでくる。

この童謡では、白い靴に白い帽子の妖怪の登場で不気味さが漂い、妖怪が家から家へ悪い子を探し歩いて緊張感

誰か、ひとり、
あっち行っちゃ、「今晩は。」
こっち行っちゃ、「今晩は。」

大雪、小雪、
雪のふる中を、
誰か、ひとり、
「泣く子を貰《もら》おう。」
「寝ない子を貰おう。」

大雪、小雪、
雪のふる窓に、

が高まり、「生肝貰おう。」「その子を貰おう。」の叫びで恐怖が爆発する。構成といい、テンポといい、申し分がない。

子どもはこんな話が大好きである。子どもなりに、けっこう楽しんでいるものだ。

誰か、ひとり、

「生胆《いきぎも》貰おう。」

「その子を貰おう。」

大寒《おおさむ》、小寒《こさむ》

大寒、小寒、
雪靴《ゆきぐつ》はいて、
鉄砲かついで、狩場《かりば》の帰り、
お腰の獲物は何々《なになに》ぞ、
兎が一匹、鳩三羽《ば》、
ぴいぴい鶫《つぐみ》はかわいそで、
衣嚢《かくし》にポッポと入れてある。
そんなら寒かろ、入《はい》りゃんせ、
いろりをどんどと燃《も》してあぎょ、

童謡集『兎の電報』に収録。初出は一九一九（大8）年一二月号の「赤い鳥」で、弘田龍太郎の曲がある。

「大寒、小寒」の《小》は語調を整えるための言葉で、特別な意味はない。各地に伝わるわらべ唄から採ったものである。

白秋は『お話・日本の童謡』で「大寒。小寒。／山から小僧が飛んで来た。／なんと云って飛んで来た。／寒いとて飛んで来た。／茶碗のかけらで、／頭こっきりはってやれ。」などのわらべ唄を紹介。これくらい冬の寒さを姿に見せてくれた唄はない、という意味のことを書いている。

「鳩」はヤマバトのこと。ハト科の野鳥で、キジバトともいう。むかしか

緋羅紗《ひらしゃ》の帽子も脱がしゃんせ、
ついでに鉄砲も燃してあぎょ。

ら狩猟の対象になっている。山地に生息するが、近年は都会でも見かけるようになった。

「鶫」はツグミ科の渡り鳥。秋にシベリアから飛来して、冬をすごす。むかしから狩猟の対象であったが、いまでは狩猟禁止になっている。

「衣嚢」はポケットのこと。「ポッポ」はポケットの幼児語と擬態語を掛けた表現か。

「緋羅紗」は緋色の羅紗のこと。羅紗は毛織物である。

「ついでに鉄砲も燃してあぎょ。」という締めくくりが、いかにも鳥や小動物を愛した白秋らしい。

仔《こ》馬の道ぐさ

道草しずと、
早よ駈《か》け、仔馬。
かるかや、桔梗《ききょう》、
すすきの原を。
とっとと走れ。
お母《か》さんの馬は

童謡集『兎の電報』に収録。初出は一九二〇（大9）年一一月号の「赤い鳥」である。弘田龍太郎のほか、山田耕筰や草川信などの曲がある。

この頃、白秋は「赤い鳥」に「お馬暑かろ」（一〇月号）「麺麭〔パン〕」と「薔薇〔ばら〕」（一一月号）と、馬を題材にした童謡を連作している。なかでもこの童謡では、母馬に見守られながら草原を「とっと」と走りまわる仔馬の姿が愛らしい。

「かるかや」はイネ科の多年草の一種またはカヤ葺き屋根に用いるカヤの総称で、秋の季語。《刈萱》または《刈茅》と書き、秋に穂をつける。

「桔梗」はキキョウ科の多年草で、青紫または白の花をつける。「すす

こちら向いて待つに。
追いつけ、仔馬、
秋風吹くに。
と、っ、と、と走れ。

き」とともに、秋の七草のひとつであ
る。

里ごころ

笛や太鼓に
さそわれて、
山《やアま》の祭に来て見たが。

日暮はいやいや、
里恋し、
風吹きゃ木《こ》の葉の音ばかり。

童謡集『兎の電報』に収録。初出は一九二〇（大9）年一二月号の「赤い鳥」である。中山晋平のほか、弘田龍太郎の曲がある。

七・五のリズムで書かれたわらべ唄ふうの童謡である。初出雑誌には、末尾に「子もり唄の節で歌う」と註釈がある。

「お背戸」は裏口または裏手のことである。

「茜雲」は夕陽に照らされて茜色に輝く雲のことである。

白秋にとっての祭といえば、故郷・沖端［おきのはた］水天宮祭のことがまっさきに思い浮かぶ。だが、これは堀に舟舞台を浮かべる水の祭である。

「山の祭」であるなら、南関の大津

母《かあ》さま恋しと
泣いたれば、
どうでもねんねよ、お泊りよ。
しくしく、お背戸《せど》に
出て見れば、
空には寒《さアむ》い茜雲《あかねぐも》。
雁《かり》、雁、棹《さお》になれ、
前《さき》になれ。
お迎いたのむと言うておくれ。

山［おおつやま］の神社（阿蘇神社および生目八幡宮）を連想すべきだろう。幼年時代の白秋は、乳母とともにこの地の母の実家へ滞在し、春祭を見物した。白秋の短歌に「大津山［おおつさん］ここの御宮の見わたしを族［うから］がものと我等すずしむ」があり、境内には歌碑もある。

　童謡を一読しただけでは、「母さま恋し」や「お泊りよ。」を唐突に思うことがあるかもしれないが、そういう事情を念頭におくと、少しも不思議なことはない。

今夜のお月さま

海のあなたに出た月は
今夜はべに色、
茜《あかね》色。
父《とう》さま若《も》しかと出て見れば、
お船の煙《けぶり》も
まだ見えぬ。

童謡集『兎の電報』に収録。初出は一九二一（大10）年三月号の「赤い鳥」である。弘田龍太郎のほか、黒沢隆朝の曲がある。

「海のあなた」は《海のかなた》のことだが、これでは何の説明にもなるまい。

——この当時の日本は、ロシア革命に干渉して、シベリアに出兵中であった。

こう書けば、おわかりいただけるだろう。一九一九（大8）年六月に開催された「赤い鳥」一周年記念音楽会は「在西比利亜［シベリア］日本軍隊慰問」を兼ねている。

血染の色で月が紅く見えるほど血なまぐさい出来事には、尼港（ニコライ

いくさが果てたか、死んでてか、
お鳩のたよりも
まだつかぬ。
今夜のお月さまなぜ紅《あか》い、
血染《ちぞめ》の色して
なぜ紅い。

エフスク）事件があった。童謡発表の前年の一九二〇（大9）年三月のこと、尼港駐留の日本軍が赤軍パルチザンの攻撃を受けて全滅。ようやく救援の日本軍が到着する直前の五月下旬、パルチザンに抑留されていた日本の民間人が、無抵抗のまま虐殺された。併せて、将兵三一八人、民間人三五八人の日本人が亡くなっている。この童謡を反戦的と見る評価もあるが、必ずしもそうとばかりはいえない。死者を悼む気もちは込められているものの、白秋が第二次大戦中に盛んに試みた少国民詩を連想させられる。

「お鳩」は軍用伝書鳩のことだろう。むろん、この頃にも無線通信の技術はあった。しかし、一九二三（大12）年の関東大震災のときも、救援活動中の海軍が東京の海軍省と横須賀の鎮守府の間の通信を軍用伝書鳩に頼っていた、という記録がある。

ちんちん千鳥

ちんちん千鳥の啼《な》く夜《よ》さは、
啼く夜さは、
硝子戸《がらすど》しめてもまだ寒い、
まだ寒い。

ちんちん千鳥の啼く声は、
啼く声は、
燈《あかり》を消してもまだ消えぬ、
まだ消えぬ。

童謡集『兎の電報』に収録。初出は一九二一（大10）年一月号の「赤い鳥」で、タイトルの下に「こもりうた」とある。近衛秀麿の曲が最も歌われるが、成田為三や山田耕筰などの曲もある。

この童謡に漂う寂寥「せきりょう」感は子どもには理解できない、という批判がある。だが、子どもは時として、わけもなく寂しい想いに襲われることがあるものだ。また、白秋研究家の佐藤通雅によると、かぼそく啼く千鳥の声から《生へのいとおしみ》が感じられる、ともいう。

「硝子戸しめてもまだ寒い、」「燈を消してもまだ消えぬ、」というほぼ同じ詩句の繰りかえしによって、さりげなく時の移ろいが表される。「夜明の明星」は金星のこと。全天でいちばん明るい星が「早や白む」という表現で、ほぼ夜が明けきったことを示すテ

ちんちん千鳥は親無いか、
親無いか、
夜風に吹かれて川の上、
川の上。

ちんちん千鳥よ、お寝《よ》らぬか、
お寝らぬか、
夜明の明星が早や白《しら》む、
早や白む。

クニックは絶妙だ。千鳥の身の上を案じながら、とうとう夜明かしをしてしまった心優しい人物の心情がわかる。

「千鳥」はチドリ科の水鳥の総称。水辺を歩きながら地面をつついてエサをあさる。コチドリ・シロチドリ・メダイチドリなどの種類がある。万葉の昔から詩歌に取りあげられてきたし、すでに鹿島鳴秋の童謡「浜千鳥」（一九二〇・一「少女号」）もあった。

白秋は「ちんちん千鳥」の繰りかえしを活かし、独特の調子を創りあげている。なお、チドリの啼き声は《ちよちよ》とか《ちりちり》と表現されることが多い。江戸時代の小唄「ちんちん節」では、艶っぽい意味をも込めて《ちんちん》としたが、むろんそういう意味などは切り捨てられている。

「お寝らぬか、」の《御寝〔およ〕る》は《寝る》の尊敬語。おやすみにならないのか、という意味である。

白い白いお月さま

白い白いお月さま、
枯草百貫乾《ひゃっかんほ》しました、
今夜は紅《あこ》う照ってくれ。

童謡集『兎の電報』に収録。初出は一九二一（大10）年一月号の「芸術自由教育」で、弘田龍太郎の曲がある。

これはあまり意味を詮索するような童謡ではない。ようするにお月さまにおねだりをしたのである。白秋は『お話・日本の童謡』で、「お月様桃色。／誰が云った。／海女が云うた。／海女の口ひきさけ。」というわらべ唄について、そのお月様は紅いのに桃色だといったのでプリプリ怒った、と解釈する。「お月様。お月様。／赤い飯「まんま」いやいや。／白い飯いやいや。／銭形金形「ぜにがたかねがた」ついた／お守りくんさんしょ。」というわらべ唄は、子どもたちがお月様にいろんなものをせびった唄だという。

ぽっぽのお家《うち》

ぽっぽのお家は四角なお家、
四角なお家の円《まア》るいお窓、
円《まア》るい窓から頭を一寸《ちょい》と出して。
——
隣のぽっぽも四角なお家、
四角なお家の円るいお窓、
円るい窓から頭を一寸と出して。
——

童謡集『兎の電報』に収録。初出は一九二一（大10）年二月号の「芸術自由教育」である。このときは「隣同志」というタイトルであった。弘田龍太郎のほか、草川信の曲がある。

以前、日本語に堪能な外国の研究者から、「ぽっぽ」とは何ですか、という質問を受けて虚をつかれたことがある。

伝承童謡に類似の表現があるが、近代に創作された子どもの唄としては、一九〇一（明34）年の「鳩ぽっぽ」（東くめ・作詞／滝廉太郎・作曲）が最初であろう。この唄に一九一一（明44）年の「鳩」（文部省唱歌）が続いて、「ぽっぽ」の語が定着したように思う。ちなみに、鈴木三重吉は

ぽっぽう、お早う。
ぽっぽう、お早う。
おお、ぽっぽう、よう。

一九一八（大7）年七月創刊号の「赤い鳥」に童話「ぽっぽのお手帳」を書いた。

白秋は翻訳童謡集『まざあ・ぐうす』（一九二一 アルス）をだしている。「頭を一寸と出して。」という軽妙で独特な調子は、『まざあ・ぐうす』の翻訳の仕事あたりからきているのかもしれない。

祭の笛

祭の笛が鳴りまする。
今年も蚕豆《そらまめ》もぎりましょ。
祭の笛が鳴るころは
蛍もつけます、赤の襟《えり》。

祭の笛を吹く方《かた》は
お里のかわいい御宮《おみや》さま。
祭の笛にさそわれて、
蛙《かわず》も啼《な》きます、田の水に。

童謡集『祭の笛』（一九二二アルス）に収録。初出は一九二二（大11）年七月号の「赤い鳥」である。

月夜の晩、小田原にある自宅洋館の屋根裏部屋に、夏祭のお囃子が聞こえてくる。鎮守のお祭では夜店や見せ物が並び、芝居小屋も建つ。

こうした祭の風景は、全国のどこにでも見られる。子どもにとっては楽しみな行事であり、おとなにとっては郷愁をさそわれる行事である。白秋の脳裏には、郷里の沖端水天宮祭の思い出が、よみがえっているのかもしれない。

「蚕豆」は《さんとう》とも読む。マメ科の栽培植物で、秋にタネをまき、初夏に収穫する。空にむかってサ

祭の笛よ、なぜ遠い。
昼間の花火は寂しかろ。
祭の笛にねんねして、
三日月さアまも丘の上。

祭の笛が鳴る夜《よ》さは
芝居の灯《あかり》もあちこちに。
祭の笛をきいてれば
迷子になるよな、うれしよな。
祭の笛にねかされて

ヤがまっすぐに伸びることから、ふつうは《空豆》と書く。《お多福豆》《夏豆》《五月豆》ともいう。

「赤の襟」は、ホタルの頭部の赤い部分を襟に見立てたもの。白秋はホタルの首の赤を好み、『思ひ出』にも多く見られる。

「昼間の花火」は黄色い煙をたてる打ち上げ花火のことだろう。

「夜さ」は《夜さり》のこと。《さり》は来るとか近づくの意を表すので、《夜になった頃》という意味である。

ねむれば魔法の夢ばかり。
祭の笛を吹く方は
いつでも小さな御宮さま。

こぬか雨

こんこん小雨《こさめ》の
ねこやなぎ、
こぬかの小雨がかかります。
こんこん小雨の
こぬか雨、
こんこんこまかにおしめりか。

童謡集『祭の笛』に収録。初出は一九二二（大11）年一月五日付の「東京日日新聞」である。山田耕筰のほか、藤井清水［きよみ］などの曲がある。

白秋はおだやかに降り注ぐ春雨を愛したようだ。小田原の早春の田園風景を描いた童謡である。

「こんこん」「小雨」「ねこやなぎ」「こぬか」と《コ》の音を重ねたかと思うと、締めくくりの「ねんねもすやすややすみます。」では《ス》音と《ヤ》音を重ね、音を転じて変化をつけたところが良い。いかにも子守唄風を意識した童謡で、全体から心地良いリズムが伝わってくる。

「ねこやなぎ」はヤナギ科の落葉低

こんこん小雨の
ねこやなぎ、
ねんねの寝た間《ま》におしめりか。

こんこん小雨の
こぬか雨、
明日《あした》は菫《すみれ》も咲いてましょ。

こんこん小雨の
ねこやなぎ、
ねんねもすやすやすやすみます。

木。早春にふかふかとした毛のある花を咲かせる。花穂の形がネコの尻尾に似ているため、猫柳という名がついた。カワヤナギ（川柳）とかエノコロヤナギ（狗柳）とも呼ばれ、全国の川沿いに分布するほか、庭木としても植えられている。

関連する白秋の短歌に「霧雨のこまかにかかる猫柳つくづく見れば春たけにけり」がある。

「ねんね」は赤ん坊のことである。

げんげ草《そう》

ねんねのお里のげんげ草、
ぽちぽち、仔《こ》牛も遊んでる。
牧場《まきば》の牧場のげんげ草、
誰《たれ》だか遠くで呼んでいる。

ねんねのお里はよい田舎、
ねんねのお汽車で下《お》りたなら、
道《みイち》はひとすじ、田圃道《たんぼみち》、
藁屋《わらや》に緋桃《ひもも》も咲いてます。

童謡集『祭の笛』に収録。初出は一九二二（大11）年三月号の「小学女生」である。山田耕筰のほか、中山晋平や鈴木義昶〔よしあき〕などの曲がある。

「げんげ草」は、マメ科の越年草。《紫雲英草》とも書く。《げんげん》または《レンゲソウ》のことで、春の季語である。最近はあまり見かけなくなったが、田圃にすき込んで肥料にしたり、牧草にしたりするため、春ともなると、げんげ草の赤い花が一面に咲いていたものだ。

「ねんね」は赤ん坊のことである。

「緋桃」は《ひとう》とも読み、花の色が濃い紅の桃をさす。

「お背戸」は裏口または裏手のこと

ねんねのお守《もり》はいやせぬか、
ちょろ〳〵小川もながれてる、
いつだか見たよな橋もある、
小藪《こやぶ》のかげには閻魔堂《えんまどう》。

ねんねのお里で泣かされて、
お背戸《せど》に出て見たげんげ草、
あのあの紅《あアか》いげんげ草、
誰だか遠くで呼んでいる。

である。

「いやせぬか」は《いませんか》と呼びかける意である。

——たとえ貧乏だといっても、遊び盛りの無邪気な子どもの世界から、見も知らぬ大人の世の中へ、無理やりに引っ張りだしてゆくのは酷たらしい。

白秋は『お話・日本の童謡』で、おおよそ、このような意味のことを書いている。

なにごとかはわからないけれど、奉公先で泣かされて、家の裏手でじっとげんげ草をながめている。子守奉公に雇われる身にとってみれば勤めはつらいものだ。この童謡の背景には、そんな子守たちの心境を歌った多くの伝承子守唄がある。

南の風《かぜ》の

南の風《かアぜ》の吹くころは、
朱欒《ザボン》の花《はアな》がにおいます。
朱欒の花の咲く夜《よ》さは、
空には白《しイろ》い天の川《がわ》。
三つ星《ぼし》、四つ星、七つ星、
数えていたれば、つい、眠《ね》むて。

童謡集『祭の笛』に収録。初出は一九二一（大10）年八月号の「赤い鳥」である。草川信のほか、今川節〔いまがわせつ〕などの曲がある。

「朱欒」はミカン科の果樹。九州中・南部など暖地によく育つ。初夏に強い芳香のある白い花をつける。冬にはこれも芳香のある大きな実が熟すが、果皮が厚く果汁も少ない。近縁種に文旦〔ぶんたん〕がある。白秋の生家に老木があったほか、柳川のいたるところに植えられていた。南関の母の実家にも大きな木があったという。

「夜さ」は《夜になった頃》という意である。

白秋は「童謡私観」（『緑の触角』所収）の中で、この童謡は静的で情緒的

ついつい、とろりとねんねした。
そのまま朝までねんねした。

南の風の吹くころは、
朱欒の花がにおいます。

な作だ、という意味のことを書いている。ザボンは南蛮貿易によって日本にもたらされたというから、白秋にとっては南方から渡来した南蛮文化を連想する果樹であったにちがいない。初夏の夜、ザボンの花のにおいが南風にのってあたりに立ち籠める情景は、情緒的を通り越して官能的な描写だ、とさえもいえなくはない。

ところで、ザボンの花といえば、白秋には幼年時代の哀しい思い出がある。

——三歳のとき、私は劇しい窒扶斯〔チブス〕に罹〔かか〕った。そうして朱欒の花の白くちるかげから通ってゆく葬列を見て私は初めて乳母の死を知った。

白秋はこのように書いている。乳母は懸命に白秋を看護したため、自分がチフスにかかって命を縮めたのである。

揺籠《ゆりかご》のうた

揺籠のうたを、
カナリヤが歌うよ。
ねんねこ、ねんねこ、
ねんねこ、よ。

揺籠のうえに、
枇杷《びわ》の実が揺れる、よ。
ねんねこ、ねんねこ、
ねんねこ、よ。

童謡集『祭の笛』に収録。初出は一九二一（大10）年八月号の「小学女生」である。草川信のほか、中山晋平や芝祐久の曲がある。

「木ねずみ」はリスの別称。「ねんねこ」は寝ることの幼児語。和歌山県の無形文化財「ねんねこ祭り」では、「ねんねこ、ねんねこ、おろろんよ」と歌いながら舞う。

白秋は『お話・日本の童謡』で、「ねえん、ねえん、ねんねこよ。／ねんねのお守「もり」は何処往「どこい」たア。…」などを紹介。おおよそ次のような意味のことを書いている。

――ねんねん唄の節まわしほど、忘れられない、なつかしいものはない。ねんねんねんねんとお母さまが子ども

揺籠のつなを、
木ねずみが揺する、よ。
　ねんねこ、ねんねこ、
　ねんねこ、よ。

揺籠のゆめに、
黄色い月がかかる、よ。
　ねんねこ、ねんねこ、
　ねんねこ、よ。

たちを蒲団ぐるみに軽く軽くたたいてくださる。おねむりおねむりという風にねぶたい調子にできている。どうかすると、お母さまの乳から引き離されてゆきそうな、怖いような、うれしいような、泣きたいような、何とも云えぬ夢の心もちに引き入れられてしまう。

　なるほど、ねんねん唄の核心をつく卓見である。決まり文句をみごとに活かしきって、「ねんねこ、ねんねこ、／ねんねこ、よ。」と、ゆったりしたリズムをたたみかけ、子どもの眠りをさそうことに成功している。

　ただ、注目すべきは第四連の「揺籠のゆめ」である。白秋にとって、夜の眠りは母の愛を受けとめる至福の時間であると同時に、恐怖の時間でもあった。こうした「ゆめ」の複雑な混在こそが、白秋童謡の特質であり偉大さであった。

朝

蝸牛《ででむし》角《つの》振れ、
野茨《のばら》が小風《こかぜ》に揺れ出した。
雀もちゅんちゅく鳴いている。
お乳しぼりも起きて来た。
牝《め》牛も青草《あおぐさ》食べ出した。

童謡集『祭の笛』に収録。初出は一九二一（大10）年四月号の「芸術自由教育」で、弘田龍太郎の曲がある。

田園の朝の風景を描いた童謡である。白秋は『祭の笛』の「はしがき」で、あなた方も、丁度あの蝸牛のお角のように、何にでもひとつひとつ触って、色々な美しいお夢の中に入ってゆかねばなりません、という意味のことを書いている。

カタツムリはツノをいっぱいに伸ばして、すがすがしい朝の訪れを感じ取ろうとしている。子どもたちも、そうした朝を感じ取ってほしい、という想いが込められているのだろう。

こんこん小山《こやま》の

こんこん小山のお月さま、
ついたち二日はまだ小《ち》さい。
　仔《こ》馬の耳より
　まだ小さい。

こんこん仔馬も馬柵《ませ》の中《うち》、
一《ひと》飛《と》び、二《ふた》飛《と》び、まだ小さい。
　となりの兎《うさ》より
　まだ小さい。

童謡集『祭の笛』に収録。初出は一九二一（大10）年7月号の「赤い鳥」である。弘田龍太郎のほか、成田為三や山田耕筰などの曲がある。

「こんこん」というリズムにのせて、月夜の幻想的な田園風景が情感たっぷりに描かれている。

ついたち二日の月が仔馬の耳より小さく、さらにその仔馬のひと飛びは兎よりも小さい。日常感覚と正反対の大小関係に新鮮さを感じていると、一転して青葡萄のつぶが仔馬の眼より小さいという大小関係が登場して、日常感覚に立ちもどる。

そういう締めくくりの変化によって、童謡に落ち着きを取りもどす締めくくり方も、心憎いほどのできばえで

こんこん小藪《こやぶ》の青葡萄《あおぶどう》、
一つぶ、二つぶ、まだ小さい。
仔馬の眼々《めめ》より
まだ小さい。

ある。

白秋は馬が好きで、母の実家のある南関でよく黒馬［あお］に乗ったというが、とりわけ元気に跳ねまわる仔馬を愛した。

『祭の笛』のなかの童謡だけでも、「乳いろ水いろ桃いろ」では乳いろをした夜明けの月からミルクを貰うためにぴょんぴょん跳ねる仔馬、「虹と仔馬」では虹のもとを跳ねまわる仔馬を取りあげている。

涼風《すずかぜ》、小風《こかぜ》

涼風、小風、
小雨《こさめ》の小藪《こやぶ》、
ちらちらあかれ、
葉洩《はも》れ陽《び》透《す》くに。

野葡萄《のぶどう》の蔓《つる》に、
駒鳥《こまどり》啼《な》いて、
みどりや、瑠璃《るり》や、
鈴《すず》生《な》る、玉が。

童謡集『祭の笛』に収録。初出は一九二一（大10）年九月号の「赤い鳥」である。草川信のほか、宮原禎次［ていじ］や藤井清水などの曲がある。

さわやかな風・雨あがりの木洩れ日・ノブドウの実・コマドリの声・揺れる小枝・小雨の名残の露といった田園の風物に触れながら、五感全体から初夏の息吹を感じ取りたい童謡である。

「小風」の《小》は、語調を整えるための語で特別な意味はない。「小雨」や「小藪」の《小》と意味あいはちがうが、音律の面からみれば「小風」「小雨」「小藪」と、《コ》の音を重ねることによって効果をあげている。

駒鳥、小鳥、
揺れ揺れ、枝を、
いえ、いえ、まだよ、
露が巣にかかる。

この巣の中に、
卵が五つ、
卵が五つ、
今朝《けさ》生んだばかり。

「野葡萄」はブドウ科の落葉性つる植物。実は食用に適さないが、熟すと童謡にあるように、白・紫・碧などさまざまに発色する。

「駒鳥」はツグミ科の渡り鳥。スズメぐらいの大きさで、顔からのどにかけて紅い色をしている。夏場に日本各地へ飛来して繁殖する。啼き声がたいへん美しく、ウグイス・オオルリと並んで、日本三鳴鳥に数えられる。《ヒン・カラカラ》と馬のいななく声に聴こえることから、「駒鳥」の名がついたという。

なお、コマドリは白秋のお気に入りの野鳥のひとつで、『祭の笛』だけでも「涼風、小風」のほか「五月の声」「歌えよ子供」「数学」「小鳥の歌い手」の五編に登場する。『祭の笛』の「はしがき」でも、赤いお胸の駒鳥が皆さんに話しかける、という意味のことを書いている。

跳《は》ね橋《ばし》

跳ね橋の向《むこ》うに、
黄色い月があアがった、
川土手《かアわどて》を行《ゆ》こうよ。

跳ね橋があがれば、
帆《ほ》を巻き、帆を巻き、ぎイいちこ、
帆柱《ほオばしら》がとおるよ。

童謡集『祭の笛』に収録。初出は一九二一（大10）年一〇月号の「赤い鳥」で、草川信の曲がある。
「跳ね橋」は《跳開橋［ちょうかいきょう］》とも《開閉橋［かいへいきょう］》ともいう。大きな船を通すため、橋桁を上に跳ねあげる構造の橋。両側に跳ねあげる二葉式と片側だけの一葉式がある。
　この童謡の情景を簡単にいうと、月夜に跳ね橋が上下した、というだけのことである。だが、水郷の田園風景はまるで夢のように美しい。とりわけ、第四連の水面に反射する灯とハーモニカの音の取りあわせが良く、いかにも白秋童謡らしい幻想的な雰囲気を高め

跳ね橋がおりれば、
乾草車《ほしぐさぐるま》が、かァらころ、
白い馬がつづくよ。

跳ね橋のしもには、
灯《あかり》が水に、ちィらちら、
ハアモニカを吹こうよ。

ている。
なお、柳川の沖端川に木造一葉式の跳ね橋があった。橋のなかほどを跳ねあげ式にして、帆船などの通過の便を図ったものである。白秋の短歌に「葦[あし]むらや開閉橋に落つる日の夕凪[ゆうなぎ]にして行々子[ぎょうぎょうし]鳴く」がある。「行々子」は水鳥のヨシキリの異名である。

吹雪《ふぶき》の晩

吹雪の晩です、夜ふけです、
どこかで夜鴨《よがも》が啼《な》いてます、
燈《あかり》もチラチラ見えてます。
私は見てます、待ってます、
何だかそわそわ待たれます、
内《うち》では時計も鳴ってます。

童謡集『祭の笛』に収録。初出は一九二一（大10）年一二月号の「赤い鳥」である。草川信のほか、成田為三や今川節などの曲がある。

訪れる者とてない吹雪の晩に、誰かが訪れてくるのをじっと待っている。「知られない、なにか待たれるもののうた」の章題の中の一編で、何となく不気味な予感がする。

こんな日にやってくる者があるとすれば、「雪のふる晩」（『兎の電報』所収）のように、青い眼をした生肝取の妖怪ぐらいかもしれない。

総ての行末を「です」「ます」でそろえて、誰かに自分の想いを《語る》という状況を強調している。

鈴です、鳴ります、きこえます、
あれあれ、橇《そり》です、もう来ます、
いいえ、風です、吹雪です。

それでも見てます、待ってます、
何かが来るよな気がします、
遠くで夜鴨が啼いてます。

りん〱林檎《りんご》の

りん〱林檎の木の下に、
小さなお家《うち》を建てましょか、
そしたら小さな窓あけて、
窓から青空見てましょか。

りん〱林檎がなったなら、
鶫《つぐみ》もちらほらまいりましょ、
丘から丘へと荷をつけて、
商人《あきうど》なんぞも通《とお》りましょ。

童謡集『祭の笛』に収録。初出は一九二一（大10）年一二月号の「赤い鳥」である。長村金二のほか、小股久の曲がある。

「りん〱」の弾むようなリズムの繰りかえしや、《ラ》音と《リ》音の多用によって、いかにも楽しげに客を暖かくもてなす田園生活の雰囲気が演出されている。

「鶫」はツグミ科の渡り鳥。日本で冬をすごすので、《お客》の一種といえるかもしれない。

なお、童謡集の口絵として、前川千帆が筆をとった「りん〱林檎の」の絵が、三色刷りで掲載されている。

この童謡発表の前年に、白秋は小田原に赤屋根で三階建ての洋館を建てて

りん〱林檎に雪がふり、
一夜《ひとよ》に真白《ましろ》くつもったら、
それこそ、かわいい煙《けむ》あげて、
朝から食堂を開《ひら》きましょ。

りん〱林檎は焼きましょか、
むかずに皿ごとあげましょか、
お客は誰《たれ》やら知りゃせぬが、
今にも見えそな旅のひと。

りん〱林檎の木の下に、

いる。白秋は食堂に暖炉を設置して、そのままで客をもてなしたという。そうしたことを連想させるような絵柄であった。

小さなお家を建てましょか、
窓から青空見てましょか、
遠くの遠くを見てましょか。

五十音

これは単に語呂を合せるつもりで試みたのではない、各行の音の本質そのものを子供におのづと歌ひ乍らにおぼえさしたいがためである。

水馬《あめんぼ》赤いな。ア、イ、ウ、エ、オ。
浮藻《うきも》に小蝦《こえび》もおよいでる。

柿の木、栗の木。カ、キ、ク、ケ、コ。
啄木鳥《きつつき》こつこつ、枯れけやき。

大角豆《ささげ》に醋《す》をかけ、サ、シ、ス、セ、ソ。
その魚《うを》浅瀬《あさせ》で刺しました。

童謡集『祭の笛』に収録。初出は一九二二（大11）年一月号の「大観」である。成田為三のほか、下総皖一［しもふさかんいち］などの曲がある。

「大角豆」は食用の豆の一種。タネや若いサヤを食べる。

「螺旋巻」は時計などのゼンマイを巻くことをさす。

「井戸換へ」は《井戸替へ》とも書く。井戸の水をくみだして掃除すること。植木屋が兼業して請け負うことがよくあった。

白秋は「童謡私鈔」で、音の本質である《色声味香触》を五十音の各行にわたって歌いながら味得させようとして、まず自分自身の感覚の風味を企てた唄である。今の小学教育に於て音を

立ちましよ、喇叭《らっぱ》で、タ、チ、ツ、テ、ト。
トテトテタツタと飛び立つた。

蛞蝓《なめくじ》のろのろ、ナ、ニ、ヌ、ネ、ノ。
納戸《なんど》にぬめつて、なにねばる。

鳩ぽつぽ、ほろほろ。ハ、ヒ、フ、ヘ、ホ。
日向《ひなた》のお部屋にや笛を吹く。

蝸牛《まゐまゐ》、螺旋巻《ねぢまき》、マ、ミ、ム、メ、モ。
梅の実落ちても見もしまい。

表現する文字の形は教えるが、音そのものの感覚的本質については何も教えない。芸術自由教育の根本はまずこの音の祭に児童を自由に踊らせることだ、という意味のことを書いている。

しかし、この童謡は、いちいち難しい理屈を考えないでも、言葉あそび唄の一種である。子どもたちがこの童謡を楽しんで口にだしてくれさえすれば、それだけで白秋の目的は充分に達成できるはずだ。

また、この童謡は発声練習のために用いられることがよくあるようだ。

なお、この童謡に限って、白秋の言語感覚を尊重するため、あえて童謡のすべてを旧仮名遣いのままに表記した。

焼栗、ゆで栗。ヤ、イ、ユ、エ、ヨ。
山田に灯《ひ》のつく宵《よひ》の家《いへ》。

雷鳥《らいてう》は寒《さむ》かろ、ラ、リ、ル、レ、ロ。
蓮花《れんげ》が咲いたら、瑠璃《るり》の鳥。

わい、わい、わつしよい。ワ、ヰ、ウ、ヱ、ヲ。
植木屋《うゑきや》、井戸換《ゐどが》へ、お祭だ。

阿蘭陀船《おらんだふね》（手まりうた）

一《ひと》つ、肥前の長崎に、
阿蘭陀船が舞い込んだ、
舞い込んだ。
二《ふた》つ、不思議な切支丹《きりしたん》、
伴天連尊者《ばてれんそんじゃ》が御土産《おみやげ》は、
御土産は。

童謡集『祭の笛』に収録。初出は一九二二（大11）年一月号の「赤い鳥」である。山田耕筰のほか、藤井清水の曲がある。

「赤い鳥」への発表時には、「波羅葦僧善守麿」に「当時の日本天主教で使った祈りの言葉です」という註が、「コンダツ」には「切支丹宗信者の用いたお数珠の事です」という註がつけられている。《天主教》はキリスト教のこと、《お数珠》はロザリオのことである。

「伴天連尊者」は宣教師。「聖礫」は十字架。「澳門」はポルトガルの旧植民地・マカオ。「羅面琴」はヴァイオリンの古い形の弦楽器。「加比丹」は南蛮船の船長。「𨠊酡のお酒」は赤ワ

三《みイ》つ、聖磔《みくるす》、デウスさま、
おん母マリヤの観世音《かんぜおん》、
観世音。

四《よウ》つ、よい御子《おこ》、神の御子、
洗礼なさるはヨハネさま、
ヨハネさま。

五《いつ》つ、イエスス・キリストス、
南無《なむ》や波羅葦僧善守麿《ハライソゼンシュマロ》、
善守麿。

インのことで、《珍陀》とも書く。

白秋は、一九〇七（明40）年八月に平戸・長崎などへ旅行したことをきっかけに、南蛮文化へ関心をもつようになった。そうした関心を手毬唄の形式に結晶させたものがこの童謡である。言葉あそびのなかにも、エキゾチックな雰囲気があふれている。

関連する童謡に「あの鳴る銅鑼は」（『象の子』所収）がある。

今日からすると「くろんぼ」は適切な表現ではないが、歴史的な表現であるためあえて原文のままにした。

六《むウ》つ、厩《うまや》のまぐさ桶《おけ》、
聖廟《おはか》は猶太《ユダヤ》のヱルサレム、
ヱルサレム。

七《なな》つ、南蛮《なんばん》、爪哇《ジャワ》過ぎて、
呂宋《ルソン》、澳門《アマカワ》、平戸灘《ひらどなだ》、
平戸灘。

八《やア》つ、病《やまい》にゃ蘭法医《らんぽうい》。
解剖《ふわけ》のお書物、麻睡薬《ますいやく》、
麻睡薬。

九《ここの》つ、コンダツ、顕微鏡、
写真に油絵、砂時計、
砂時計。

十《とオ》、遠眼鏡《とおめがね》、エレキテル、
幻燈《げんと》に、羅面琴《ラベイカ》、オルゴオル、
オルゴオル。

みんな揃えて、
紅髯加比丹《あかひげかひたん》が、
紅髯加比丹が、
ジャガタラくろんぼを喇叭《ラッパ》で呼びあつめ、

アラ、ラル、ラル、ラ、
ホラ、ラル、ラル、ラ、
珍妙《ちんみょう》々々、珍酡《ちんた》のお酒でひとおどり、
ホラ、ラル、ラル、ラ、
まずまず一船《ひとふね》あげました。

雲の歌

青空高う散る雲《くも》は
繊《ほそ》い巻雲《まきぐも》、真綿雲《まわたぐも》、
鳥の羽《は》のような靡《なび》き雲《ぐも》、
白い旗雲《はたぐも》、離れ雲《ぐも》。（巻雲《けんうん》）

一刷毛《ひとはけ》、二刷毛《ふたはけ》まだ寒い、
すうと幕引くレエス雲《ぐも》、
日暈《ひがさ》、月暈《つきがさ》湿らせて、
春さきの雲《くも》、氷雲《こおりぐも》。（巻層雲《けんそううん》）

童謡集『祭の笛』に収録。初出は一九二二（大11）年一月号の「大観」である。

「水脈」は船の通った跡。航跡のことである。

「葡萄鼠」は赤みがかったネズミ色をさす。

「天竺」はインドのこと。三蔵法師の一行が中国からインドに経典を取りにいく「西遊記」の物語が背景にある。

これは雲の形をさまざまな事物に見立てた童謡で、地学童謡とでもいうべきもの。すべて実際の地学の用語や知識に基づいている。

たとえば、「巻雲」は最も高いところに現れる雲で、氷の結晶からできて

水脈《みお》の泡波《あわなみ》、うろこ雲《ぐも》、（巻積雲）
遥《はる》ばるつづく陽《ひ》の入りは
いつも夕焼、月あかり、
雁《がん》が飛びます、わたります。（積巻雲《せきけんうん》）

日の環《わ》月の環かがやかす
高い層雲《かさぐも》、帷雲《とばりぐも》、
灰いろ雲《ぐも》の濃い雲《くも》も
たまには薄《うっ》すり、青の帯。（層巻雲）

葡萄鼠《ぶどうねずみ》の霧の雲《くも》、

いる。「巻層雲」は白いレースを思わせる雲で、月や太陽のカサをつくる。「巻積雲」は白く小さな雲のかたまりが群れる雲で、うろこ雲である。

ここでは他の雲についてまで、いちいち言及することはしないが、従来にない題材や用語を童謡で取りあげ、新しい分野を切り開こうとした白秋の姿勢がわかる。

なお、白秋は短歌集『白南風［しらはえ］』などにも、天文・地学の知識をもとにした作品を書いた。

この分野の文学作品といえば宮澤賢治のことが想起される。賢治は白秋の熱心な読者であったたし、白秋に詩集『春と修羅』を献呈したことがわかっている。

水と天《そら》との間《あい》の雲《くも》、（層雲）
風の層雲、わかれ雲《ぐも》、
地にはとどかず、棚の雲《くも》。（片層雲《へんそううん》）

寒い黒雲《くろくも》、冬の雲《くも》、
かぶさりかぶさる雲の塊《くれ》、
時どき、お母《か》さんの眼のような
青いお空を透かしてる。（層積雲《そうせきうん》）

むくりむくりと湧《わ》く峰は、
雲のヒマラヤ、銀のへり、
お経もらいか、天竺《てんじく》へ

犬、猿、坊さま、豆の馬。（積雲《せきうん》）

雷雲《いかずちぐも》はおそろしい、
昼も神鳴《かみな》り、旱《ひで》り雲《ぐも》、
宵《よい》には稲妻《いなずま》、朝は虹
おどろおどろの暴風雨《あらし》雲《ぐも》。（積乱雲《せきらんうん》）

迅《はや》い飛び雲《ぐも》、日の光、（片乱雲《へんらんうん》）
それでも雨雲、乱《みだ》れ雲《ぐも》、
霙《みぞれ》がふります、雪がふる、
ぱら〱霰《あられ》もころげます。（乱雲《らんうん》）

木兎《みみずく》の家《いえ》

お屋根は萱《かアや》で、壁は藁《わら》、
小窓のお眼々《めめ》が右ひだり、
お鼻の入口、這入《はい》りゃんせ。
　木兎、ぽうぽう、
　内《うち》から、ぽうぽう。

春《はアる》はとなりの桃の花。
うしろの竹籔、前の小竹《ささ》、
緑のカーテンくぐりゃんせ。

童謡集『花咲爺さん』（一九二三アルス）に収録。初出は一九二二（大11）年三月号の「赤い鳥」で、村井清の曲がある。

一九一九（大8）年のこと、白秋は小田原・伝肇寺敷地内の竹林に借地して、山荘を建てた。これがいわゆる木兎の家で、奥には別棟の小さな書斎が建てられている。木兎の家は屋根も壁もカヤぶきであった。この家を正面から見るとミミズクのようである。まるで鼻のような入り口の両側に、眼のような二つの青ガラス入の小窓がついているからだ。それで、木兎の家と名づけられた。

「木兎」はふつう《木菟》と書き、フクロウ科のうちコノハズクなど、頭

木兎、ぽうぽう、
おじさま、ぽうぽう。

小矮鶏《こちゃぼ》もお椅子で啼《な》いている。
鏡のふちにはてんと虫、
おもちゃの小雉子《こきじ》と遊びゃんせ。
木兎、ぽうぽう、
ごきげん、ぽうぽう。

赤《あアか》い屋根裏、がらす窓、
海は紫、山は野火《のび》、
月夜に寝ながらのぞきゃんせ。

部に耳のように長い毛をもつ鳥の総称である。ただし、この家の屋根には耳らしきものはない。

翌一九二〇（大9）年には、木兎の家の隣接地に、赤い屋根の三階建て洋館が建てられている。三階はロフト（屋根裏部屋）で、大きなドーマー（屋根窓）が張りだしていた。白秋はよくこのロフトから小田原や相模灘の夜景を楽しんだようだ。

この童謡では、そんな白秋のお気に入りの家が写生されている。

「ぽうぽう」という擬音語の繰りかえしが効果的で、素朴ななかにも楽しい家のイメージが感じられる。「這入りゃんせ。」「くぐりゃんせ。」「遊びゃんせ。」「のぞきゃんせ。」は、いうまでもなく、わらべ唄から発想された詩句である。

「小矮鶏」は小形で足が短く愛玩用のニワトリのことである。

木兎、ぽうぽう。
みんなで、ぽうぽう。

「鏡のふちにはてんと虫」という場面は、「てんと虫」（『花咲爺さん』所収）に登場している。

「おもちゃの小雉子」は、白秋の郷里に伝わる郷土玩具《雉ぐるま》のことであろう。「雉ぐるま」（『とんぼの眼玉』所収）にも登場する。

「野火」は早春に野山の枯れ草を焼く火。害虫などを除くために火をつける。

むかし噺《ばなし》

山へとゆくのはお爺《じい》さん、
川へと下《くだ》るはお婆《ばあ》さん。
山では柴刈《か》る鉈《なた》の音、
川では桃呼ぶ小手《こて》まねき。
むかしのむかしはなつかしい、
いつでも青空、日和鳥《ひよりどり》。

童謡集『花咲爺さん』に収録。初出は一九二二（大11）年一〇月五日号の「サンデー毎日」である。成田為三のほか、山田耕筰の曲がある。

桃太郎の話を下敷きにした童謡である。昔話や伝説を童謡に仕立てることは、『とんぼの眼玉』でも試みられている。この頃、白秋の理想は昔話の世界にむかっている。

田園生活を極限まで純化させていくと、昔話の世界に行き着くのかもしれない。

なお、「日和鳥」という名の鳥はいない。「藪雀」と同じように、特定の種類の鳥をさす語ではないようだ。

ねんねのお里はなつかしい、
いつでも夕焼、藪雀。
山へとゆくのはお爺さん、
川へと下るはお婆さん。

竹取《たけとり》の翁《おきな》

野山かせぎのお爺《じい》さま、
　合唱（竹取りの翁だ、竹取りの翁だ。）
いつも竹取、笹かつぎ。
　合唱（いい翁だ、いい翁だ。）
ある日、ありゃりゃりゃと驚いた。
　（ピカリピカリ光った。ピカリピカリ光った。）
竹の根方《ねかた》に豆の人。

童謡集『花咲爺さん』に収録。初出は一九二二（大11）年一二月号の「詩と音楽」で、山田耕筰の曲がある。

いわずと知れた竹取物語に取材した童謡である。合唱の掛けあい形式でストーリーが展開していく。もともと昔話というものは、このような形で親から子へと伝えられていくものなのかもしれない。

こうしたユニークな掛けあい形式の試みは、「子供の村」（『子供の村』所収）でさらに大胆な試みがおこなわれている。

この童謡ではストーリー全体を物語るのではなく、特定の場面や情景の雰囲気を凝縮させている。

これは「物臭太郎」（『とんぼの眼

（小っちゃい姫だ、小っちゃい姫だ。）
その子ひろうて、お爺さま、
（ほくほく帰った、ほくほく帰った。）
鳴くは鶯《うぐいす》、よい日和《ひより》。
（ホウ、ホケキョよ。ホウ、ホケキョよ。）
これよ婆《ばあ》さま眩《まば》ゆかろ、
（家《うち》まで光るぞ、家まで光るぞ。）
おお、おお、かわいい、お爺さま。
（かぐや姫だ、かぐや姫だ。）

玉』所収）などにも、共通して見られる手法である。
「篠の藪」は細い竹からなるタケヤブのことである。

それからしあわせ、篠《しの》の藪、
（いつ行ってもだ、いつ行ってもだ。）
竹のふしぶし、金のつぶ。
（ホウ、ホケキョよ。ホウ、ホケキョよ。）

むかしむかしのお爺さま、
（竹取りの翁だ、竹取りの翁だ。）
お伽《とぎ》ばなしのかぐや姫。
（それから、きかして。それから、きかして。）

花咲爺《はなさかじい》さん

花咲爺さん、紅頭巾《べにずきん》、
段だら小袖に紅《べに》ばかま。
花咲爺さん、お手に籠《かご》、
紅緒《べにお》の草履《ぞうり》で、紅脚絆《べにきゃはん》。
花咲爺さん、花ぐもり、
野山のかすみにねねしてる。

童謡集『花咲爺さん』に収録。初出は一九二二（大11）年一二月号の「詩と音楽」で、小松平五郎の曲がある。

——花咲爺さんは、あなたがたのお家のお庭にそうっと入ってきて、いろんな花をいろいろに咲かして、またおとなりのお庭へ垣根を跳ね越えて消えてしまう。わたしは唄を創ったり、歌ったり、集めたりして、光のように、匂のように、音楽のように、あなたがたと遊びほれている。すると、わたしもやっぱり花咲爺さんのような人かもわからない。

白秋は『花咲爺さん』の「はしがき」で、おおよそ、このような意味のことを書いている。

ここに登場する花咲爺さんは、単な

花咲爺さん、いつ来るの。
お山の淡雪《うすゆき》とけたころ。

花咲爺さん、よいにおい、
ふんわりさくらの東風《ひがしかぜ》。

花咲爺さん、来る道は、
そこでもここでも花ざかり。

花咲爺さん、目に見えぬ、
お花を咲かしちゃすぐ去《い》ぬる。

る昔話中の人物ではなく、春の花々を咲かせる妖精の一種のような存在であり、白秋の分身なのかもしれない。そこまでイメージを拡げ高めているところが、この童謡のユニークさである。

「小袖」は袖口が狭く、前を引きちがえて着る着物。庶民の日常着である。

「脚袢」は旅や作業をするとき、スネにまとう布のことだ。

「東風」は《こち》とも読む。春の季語で、春になって東から吹く風のことである。

花咲爺さん、来る朝は、
坊やがお寝《ね》間《ま》もにおいます。
花咲爺さん、見つけましょ、
早よ早よお起きよ、すぐ逃げる。
花咲爺さん、紅頭巾、
お庭のどこかにまだ居ます。

雨のあと

萌黄《もえぎ》の暈《かさ》は
片われ月《づき》よ。
ほうほう蛍、
しめれよ、ひとつ。

笹葉《ささば》の露は
小雨《こざめ》ののこり。
ほうほう蛍、
明《あか》れよ、ふたつ。

童謡集『花咲爺さん』に収録。初出は一九二二（大11）年八月号の「小学女生」である。成田為三のほか、草川信や本居長世などの曲がある。

「萌黄」は少し黄色みのかかった緑色。ここでは月にかかったカサの色をさす。

「片われ月」は半月のことだ。

「ほうほう蛍、」はわらべ唄の常套句で、白秋の愛用語である。

「蛍の籠も、／青あお濡れた。」という表現がややわかりにくいが、第一連でホタルに「しめれよ、ひとつ。」、第二連で「明れよ、ふたつ。」といっている。『思ひ出』にも、ホタルが燐光の息をするたびに《あおあおと目に泌みる蛍籠》云々という記述がある。

水車《すいしゃ》の音も
ことこと鳴るに、
ほうほう蛍、
すうすうとわたれ。

蛍の籠《かご》も、
青あお濡《ぬ》れた。
ほうほうほうよ、
ほうほうほうよ。

ホタルの燐光を受けて蛍籠がぼおっと光るさまを「濡れた」と見立てているのだろう。

月夜の稲扱《いねこ》き

月夜の稲扱き、
ちらちら燈《あかり》、
鶉《うずら》も啼《な》き啼き野路《のみち》に出てる。

月夜の稲扱き、
あの子にこの子、
蝶蝶もまだいて、稲の香《か》けぶる。

童謡集『花咲爺さん』に収録。初出は一九二二（大11）年一〇月号の「赤い鳥」で、草川信の曲がある。

ちらちら燈が見える視覚的な表現、遠くで秋祭の笛が聴こえる聴覚的な表現、稲の香があたり一面に立ち籠める嗅覚的な表現というように、五感全体で秋の収穫を静かに喜ぶ田園風景を感じ取っている。

「稲扱き」はモミをイネからこき落とす農作業のことである。「唐箕」は箱の中に風を送り、モミに混じった塵やモミ殻などを取り除く農具である。

白秋は夏目漱石とイネについて、一九二七年一月号の「近代風景」に、こんな面白いことを書いている。

月夜の稲扱き、
唐箕《とうみ》に車、
明日《あした》はお祭、お神輿《みこし》かつぎ。

月夜の稲扱き、
遠くでお笛、
鶉も啼き啼き野路に出てる。

――夏目漱石さんは米のなる木を御存じなかったそうだ。曰く、「さあ、稲は稲、米は米で知っているが、稲と米との相互関係はわからないね。」それでは答にならぬ。

何ともとぼけた話だが、田園生活を五感で感じ取ってきた。そこが漱石とはちがう、という白秋の自負がうかがえる。

ちなみに、右の白秋の文にはさらにオチがあって、松茸が大きくなると松になると思い込んでいた人がある、ということだ。まさか実際にそんなことはあるまいと思うが…

かやの木山《きやま》の

かやの木山の
かやの実は、
いつかこぼれて、
ひろわれて。

山家《やまが》のお婆《ば》さは
いろり端《ばた》、
粗朶《そだ》たき、柴たき、
燈《あかり》つけ。

童謡集『花咲爺さん』に収録。初出は一九二二（大11）年一〇月号の「童話」で、山田耕筰の曲がある。

「山家」は山里の家。「粗朶」は《麁朶》とも書く。《柴》と同義。刈り取った木の枝で、薪などに用いる。

白秋が居住していた伝肇寺敷地内には、いまでもかやの古木があって、根元には地蔵が祀られている。白秋は、この古木からこの童謡の着想を得た。

――伝肇寺のかやの木に毎年夏の半ばになるとかやの実が生［な］る、実に神秘ではないか、当然の不思議ではないか。この心境、かやの実を通じ、自分をひっくるめた大自然の不易の生命、愛、あわれというものを感じなければならない。

かやの実、かやの実、
それ、爆《は》ぜた。
今夜も雨だろ、
もう寝よよ。

お猿が啼《な》くだで
早よお眠《ね》よ。

白秋は「芸術の円光」（『緑の触角』所収）という文章に、おおよそ、このような意味のことを書いている。

関連する童謡に「かやの実」（『兎の電報』所収）がある。

砂山

海は荒海、
向《むこ》うは佐渡よ、
　すずめ啼《な》け啼け、もう日はくれた。
　みんな呼べ呼べ、お星さま出たぞ。

暮れりゃ、砂山、
汐《しお》鳴《な》りばかり、
　すずめちりぢり、また風荒れる。
　みんなちりぢり、もう誰《だれ》も見えぬ。

童謡集『花咲爺さん』に収録。初出は一九二二（大11）年九月号の「小学女生」である。

一九二二（大11）年六月、白秋は《新潟市児童音楽研究会》に招かれて歓迎童謡音楽会に出席。新潟師範の講堂を埋めつくした子どもたちから、新潟の童謡を新しく創ってほしい、という依頼を受けた。白秋が寄居浜を訪れたときは、日が暮れかけていたが、荒海のむこうに佐渡が見え、砂山の下には砂浜が拡がっていた。白秋は、さすがに北国の浜であり淋しいものだった、という印象を書き残している。

小田原に戻った白秋は、まもなく「砂山」を創って中山晋平に作曲を依頼。曲譜とともに、「小学女生」へ掲載された。寄居浜に童謡の碑がある。

「砂山」は海岸の砂丘のこと。「茱萸」はグミ科グミ属の低木の総称で、《胡頽子》とも書く。代表的な種のナ

かえろかえろよ、
茱萸原《ぐみはら》わけて、
　すずめさよなら、さよなら、あした。
　海よさよなら、さよなら、あした。

ツグミは、初夏に白い小さな花を咲かせたあと晩夏には赤い小さな実が熟し、食用になる。かつて、寄居浜の一帯にはグミの大群落があったという。

　白秋は『お話・日本の童謡』に、子どもたちが童謡を自分のものとして、あの砂山のグミを摘み摘み歌ってくれるだろう。それを想うと自分もあのスズメのように飛んでいきたくなる、という趣旨のことを書いている。「さよなら、あした。」には、白秋の子どもの世界に寄せる想いが込められている。おとなとはちがい、子どもには無限に「あした」があるのだ。

　この童謡には山田耕筰も曲をつけた。晋平の曲が民謡風であるのに対し、耕筰の曲はいかにも歌曲風である。《茱萸原》という詩句は、晋平の自筆曲譜では「ぐみはら」とあり、耕筰の自筆曲譜では「ぐみわら」とある。成田為三や宮原禎二などの曲もある。

子供の村

子どもの村は子どもでつくろ。
　合唱「みんなでつくろ。」
赤屋根、小屋根、ちらちらさせて、
　合唱「みんなで住もうよ。」
子どもの村は垣根《かきね》なぞよそよ。
　合唱「ほんとによそよ。」
草花、野菜、あっちこっち植えて、
　合唱「すず風、小風《こかぜ》。」

童謡集『子供の村』（一九二五　アルス）に収録。初出は一九二二（大11）年八月号の「赤い鳥」である。弘田龍太郎のほか、三戸吉樹や今川節などの曲がある。

呼びかけと合唱を交互に配置して、子どもたちの生活の理想的なあり方を確認していく、という珍しい形式の童謡である。滝沢典子は、白秋がやや複雑な子供の劇詩とでもいう形を成立させようとしている、という意味の評価をしている。

本来は童謡集『子供の村』全体をまとめる序詩となるべきものであった。だが、実際には童謡の作成時期にばらつきがあり、童謡集には、さまざまにちがった傾向の童謡が混じりあってい

子どもの村は子どもできめよ。
　合唱「みんなできめよ。」
村長さんを一人、みんなで選び、
　合唱「みんなで代ろ。」

子どもの村は早起ばかり、
　合唱「鶏《こけっこ》と起きて。」
朝の中《うち》、御本《ごほん》。お午《ひる》から外へ、
　合唱「はたらいて歌おう。」

子どもの村は子どもで護《まも》ろ。

る。
　この童謡を読むとき、いつも想起されるのが、武者小路実篤［むしゃのこうじさねあつ］の《新しき村》の運動である。新しき村は、一九一八（大7）年一一月、宮崎県児湯［こゆ］郡木城町石河内［きじょうちょういしかわうち］に開村。実篤は全国から集まった同志一九名（子ども二名）とともに村内に居住して新生活をはじめた。
　もとより、白秋の子供の村は童心を理念の中心に据えた精神的な運動であり、実践的な運動ではない。しかし、この時代の理想主義的な思潮の高揚を反映したものであることに、ちがいはない。

合唱「みんなで護ろ。」
てんでの仕事、てんでにわけて、
合唱「みんなで励もう。」

子どもの村は仲よし小よし、
合唱「喧嘩《いさかい》せずに。」
てんでに助け、てんでに仕え、
合唱「楽しんで遊ぼう。」

子どもの村はお伽《とぎ》の村よ。
合唱「お夢の里よ。」
星の夜《よ》、話。月の夜、お笛。

合唱「すやすや眠《ね》よよ。」
子どもの村はいつでも子ども、
合唱「いつでも春よ。」
子どもの祭、おてんとさんの神輿《みこし》。
合唱「わっしょ、わっしょ、わっしょな。」

たんぽぽ

沼の田べりのたんぽぽは、
たんぽぽは、
咲けば、ざぶりと、
波が来る。

たんぽぽ、たんぽぽ、
波が来る。

童謡集『子供の村』に収録。初出は一九二四（大13）年五月号の「赤い鳥」である。山田耕筰のほか、成田為三などの曲がある。

白秋は「最近の私の童謡について」（『緑の触角』所収）のなかで、およそ次のようなことを書いている。

——自分が童謡を作るについては、別にいまさら児童の心に立ちかえる必要はない。詩を作り歌を成すと同じ心や態度でよい。

結局は形式の問題だけなのだ。白秋には「朝花の黄のたんぽぽはいとけなし波揺り来ればざぶり濡れつつ」と「舟寄すと子ら取つ組みぬ水ぎはにとてもあざやけき黄の花たんぽぽ」のふたつの短歌があるが、これを童謡にす

沼の田べりのたんぽぽよ、
たんぽぽよ、
咲けば、子どもが、
舟で来る。

たんぽぽ、たんぽぽ、
舟で来る。

ると童謡「たんぽぽ」になる。

この頃から、白秋はとりたてて童心を意識せずに童謡を創っている。

なお、『思ひ出』に同題の詩がある。これは柳川の伝習館中学の同級生であった中島白雨（本名・鎮夫）が自殺し、その死を悼んだもの。「あかき血しほはたんぽぽの…」と、うららかな陽春の情景を歌うこの童謡とはまるでちがって、親友を失った悲痛な想いが込められている。

ところで、日本タンポポは、関東と関西など地域によって種類がちがうそうだ。それほどデリケートな植物なのだが、ちかごろでは外来種の西洋タンポポや交雑種に押されて、山奥などでもない限り、自生している姿を見られない。日本タンポポは春に花を咲かせるが、西洋タンポポは一年中花を咲かせるので、この童謡のような季節感は失われてしまった。

からたちの花

からたちの花が咲いたよ。
白い白い花が咲いたよ。

からたちのとげはいたいよ。
青い青い針のとげだよ。

からたちは畑《はた》の垣根《かきね》よ。
いつもいつもとおる道だよ。

童謡集『子供の村』に収録。初出は一九二四（大13）年七月号の「赤い鳥」で、『月と胡桃』にも掲載。山田耕筰は共通語のアクセントと曲の高低を完全に一致させ、あたかも聴衆に語りかけるように曲をつけた。西鉄柳川駅前のほか、東京の西多摩霊園の耕筰の墓所ちかくや巣鴨教会に碑がある。

ふつうであれば「まるいまるい」にするところを「まろいまろい」としたところに、白秋の非凡さがある。すべての行末を感動の意の終助詞「よ」で結び、韻をふむ技法も印象的。後年の児童自由詩にこの結びがよく見られるのは、この童謡の影響のようだ。

「からたち」は《枸橘》または《枳》と書く。ミカン科の落葉低木。中国の原産で、春に芳香のある小さな白い五弁花を咲かせる。秋には三センチほどの実が黄色く熟すが、未熟な実を乾燥させて健胃の漢方薬に用いる。よく分

からたちも秋はみのるよ。

まろいまろい金のたまだよ。


からたちのそばで泣いたよ。

みんなみんなやさしかったよ。


からたちの花が咲いたよ。

白い白い花が咲いたよ。


枝して緑色の太いとげがあるため、むかしから生け垣に利用された。

　白秋にはこの木の生け垣のまえを「いつもいつも」とおった思い出がある。生け垣は、柳川の生家ちかく、鬼童小路［おんどこうじ］にあった。野田宇太郎によれば、一九四二（昭17）年に白秋が主宰する多磨短歌会の大会が柳川で開催されたとき、東京で死の床に伏していた白秋から《鬼童小路をとおれ》と電報が届けられた。また、白秋は小田原の水之尾［みずのお］でも、この花を見て感銘を受けたようだ。

　なお、少年時代の耕筰は、田村直臣［なおおみ］牧師が東京・巣鴨に経営する「自営館」で昼は勤労・夜は勉学に励んだが、空腹のあまり館の生け垣の実を食べて飢えをしのいでいる。からたちの実には強いアクがあっておよそ食用に適さないため、文字どおりの苦い思い出であった。

お坊さま

もうしもうし、お坊さま、
あかい苜蓿《つめぐさ》さきました。
いやいや、わたしはいそぐでな、
この道とおして下されや。

もうしもうし、お坊さま、
子猫がうまれておりまする。
これこれ、お日さまはいるでな、
その袖はなして下されや。

童謡集『子供の村』に収録。初出は
一九二四（大13）年七月号の「赤い
鳥」で、草川信の曲がある。
「苜蓿」を《もくしゅく》と読む
と、マメ科のムラサキウマゴヤシをさ
す。ヨーロッパ原産の帰化植物で、ア
ルファルファのこと。同じくマメ科の
帰化植物のクローバーをさすこともあ
るようだ。《つめぐさ》という読みに
重きをおくと、ナデシコ科のツメクサ
（爪草）またはクローバー（詰草）を
さす。子どもが「あかい苜蓿さきまし
た。」といっているところから考える
と、クローバーのことではないだろう
か。ムラサキウマゴヤシの花は紫で、
ナデシコ科のツメクサの花はあまりに
も小さすぎるからだ。クローバーの花
は白いから、珍しい赤花を見つけたと
喜んでいるのだろう。ただ、赤花のク
ローバーはアカツメクサ（赤詰草）と
いう種類。赤い花が咲くのは当たりま

もうしもうし、お坊さま、
なにかくだされ、はなします。
ほらほら、見なされ、このとおり、
お珠数《じゅず》がひとかけ、やぶれ笠《がさ》。

えで、珍しくもなんともない。

　しかし、考えてみれば、子猫が生まれるのも当たりまえのことである。だから、子どもにとってはクローバーの花の色など、どうでも良かったにちがいない。人が良くて子ども好きなお坊さまの足を止めて、いっしょに遊んでもらえばそれで良かったのだ。

　お坊さまは白秋の「良寛さま」（『祭の笛』所収）を連想させる。子どもの心を理解し、子どもとともに終日を遊び暮らす良寛さまこそ、白秋の理想像であったにちがいない。

　ところで、「伝肇寺より」（「白光」一九一八年一一月一〇日 17号）に、白秋が伝肇寺内に仮住まいをしながら冗談に僧侶の衣を借りて袈裟「けさ」をかけてみると、あまりにも似合うので、草庵でもこしらえてもらってお坊さんにでもなろうか、と軽口を書いている。

ペチカ

雪のふる夜《よ》はたのしいペチカ。
ペチカ燃えろよ。お話しましょ。
むかしむかしよ。
燃えろよ、ペチカ。

雪のふる夜はたのしいペチカ。
ペチカ燃えろよ。おもては寒い。
栗や栗やと
呼びます。ペチカ。

童謡集『子供の村』に収録。「待ちぼうけ」とともに山田耕筰（旧名・耕作）の作曲で、満洲の日本人児童むけ教科書『満洲唱歌集』（一九二四 南満洲教育会）に掲載された。耕筰の自筆曲譜には、タイトル・歌詞とも「ペティカ」と表記されている。のち、『満洲地図』（一九四二 フタバ書院成光館）にも収録された。

南満洲教育会は南満洲鉄道（満鉄）の関連団体のひとつ。日本の国策会社の満鉄は、鉄道以外にも多くの事業を経営し、広大な鉄道付属地の行政権までも有していた。

そこで、日本の租借地（植民地）であった関東州（遼東半島）と旧・満洲に居住する日本人児童にむけて、満洲

雪のふる夜はたのしいペチカ。
ペチカ燃えろよ。じき春来ます。
いまに楊《やなぎ》も
萌《も》えましょ。ペチカ。

雪のふる夜はたのしいペチカ。
ペチカ燃えろよ。誰《だれ》だか来ます。
お客さまでしょ。
うれしいペチカ。

雪のふる夜はたのしいペチカ。

色の豊かな歌曲を与えたいという趣旨から、日本内地の多くの詩人や作曲家などに唱歌の制作を依頼して、独自の教科書を作成したのである。

　もともと、満洲の諸都市はロシア人が基礎を築いたため、暖房と調理などを兼ねたペチカは、現地で暮らす日本人児童になじみが深い。また、暖炉は白秋好みの道具立てのひとつで、小田原に建てた自宅の洋館にも設置したほどである。

「栗や栗や」は、名物の焼き栗を大鍋で炒りながら売る声。満洲の冬の風物詩を巧みに取り入れ、春の訪れを静かに待つ家族の団らんの様子をみごとに描きだしている。

　ちなみに、「いまに楊も／萌えましょ。」のくだりを、ヤナギの木は燃えにくいのだな、とかんちがいして歌う子どもが多い。もちろん、これは現地に多いヤナギの木を燃料に使ってい

ペチカ燃えろよ。お話しましょ。
火の粉《こ》ぱちぱち、
はねろよ、ペチカ。

この童謡は南満教育会用として作ったものの一つです。作曲は山田耕作氏です。なおペチカとはロシヤ式暖炉のことです。

るという意味である。

「やなぎのわた」（『子供の村』所収）にも「楊の絮〔わた〕の飛ぶころは、／黄〔きい〕ろいほこりもかすみます…」と、奉天〔ほうてん〕（現・瀋陽〔しんよう〕）の風景が描かれている。

ほかに、今川節の曲があり、白秋は「今川君のペチカが好きだ」と評したと伝えられる。

鷹《たか》

鷹だ。鷹だ。そりゃ見えた。
ほらほら、飛んでる。親鷹《おやだか》だ。
向《むこ》うお山の白樺に、
ほらほら、とまった。親鷹だ。

鷹だ。鷹だ。そりゃ来たぞ。
ほらほら、翔《かけ》った、隼《はやぶさ》だ。
何か見つけた。渓間《たにあい》だ。
ほらほら、ねらった。親鷹だ。

童謡集『子供の村』に収録。初出は一九二三（大12）年一一月号の「赤い鳥」である。山田耕筰のほか、宮原禎次や毛利泰子の曲がある。

厳密にいうと、「鷹」と「隼」とでは種類がちがう。ハヤブサはタカ目ハヤブサ科に属する鳥の総称で、タカより小型の猛禽類。ハヤブサ・シロハヤブサ・チョウゲンボウなど、多くの種類がある。長い翼をもち、高い空から急降下して獲物を襲う。

白秋は一九二五（大14）年の夏に樺太を旅行したとき、一羽の鷲を見た。このとき、とっさに「鷹ひとつ見つけてうれし伊良古崎」（表記は白秋による）という芭蕉の句を思いだしたのだ、という。この場面では、ワシであ

子の鷹子の鷹、どこにいる。
ほらほら、嵐だ、山鳴《やまなり》だ。
渓《たに》に砂金《しゃきん》が光ったぞ。
ほらほら、風切る、親鷹だ。

ろうがタカであろうが、気にならなかったのだろう。

　しかし、この童謡では「鷹」と「隼」の区別をはっきりさせ、「隼」の翔るスピード感をリズミカルな調子で豊かに歌いあげている。

　また、「親鷹」の飛ぶ姿から「子の鷹」を連想するところに、いかにも童謡らしい感覚が見てとれる。

安寿《あんじゅ》と厨子王《ずしおう》
山椒太夫《さんしょうだいふ》その一

人買舟《ひとかいぶね》にさらわれた
安寿厨子王、姉弟《あねおとと》。
山椒太夫はおそろしい。
姉と弟は買われます。
父《とう》さまこいし、筑紫潟《つくしがた》、
母《かあ》さまこいし、佐渡ケ島。
山淑太夫が云うことに、

童謡集『子供の村』に収録。初出は一九二四（大13）年三月号の「赤い鳥」で、今川節の曲がある。

　この童謡は、《山椒太夫〔だゆう〕》の物語を題材にした連作中の「その一」である。

　「その二」の「雀追い」は、同じ号の「赤い鳥」に掲載された。「その二」では、姉の安寿は弟の厨子王を逃がすために入水し、山椒太夫の手を逃れた厨子王は都にのぼる。京で出世した厨子王は母を訪ねて佐渡へ渡って感動的な再会をする、というシーンが題材になっている。

　白秋の「解」から察するに、この連作は中世の説経節の類ではなく、森鷗外の小説「山椒大夫」（一九一五）か

汐汲《しおく》み、柴刈《か》り、日に三荷《さんが》。

安寿は浜へ、汐汲みに、
柄杓《ひしゃく》手にもち、肩に桶《おけ》。
厨子王山へ柴刈りに、
手には刈鎌《かりかま》、背《せな》に籠《かご》。

姉の汐汲みはかどらぬ。
柄杓は波にさらわれる。
弟柴刈りかわいそう、
柴は刈れずに指を切る。

子どもむけ再話「山椒大夫」（一九一二）に取材したものだろう。

「筑紫潟」は有明海の別名である。

ちなみに、白秋は一九〇七（明40）年の冬から毎月第一土曜に鷗外邸を訪れ、観潮楼「かんちょうろう」歌会に出席して、鷗外と親しく交際していた。

この短歌会は、与謝野鉄幹の「新詩社」系の歌人たちと正岡子規の「根岸」派の歌人たちの対立を見かねた鷗外が、両派の融和をはかってはじめたものであった。

白秋は鷗外の指導する雑誌「スバル」にも参加している。

父さまこいし、筑紫潟、
母さまこいし、佐渡ケ島。
夜は夜とて浪の音、
山椒太夫の眼が光る。

解

遠い筑紫の国にいられるお父さまをたずねて行く途中、越後の沖で、人買舟にだまされて、安寿と厨子王は、お母さまや女中の姥竹［うばたけ］とは別の舟に乗せられてしまいます。そうして両方から声をかぎりに呼び合いながらとうとう南と北へ生別れをしてしまいます。姥竹は海に飛び込み、お母さまも身投げしようとなさるのを押えられて佐渡ケ島へ連れられ、二人の子供は丹後の由良［ゆら］の港へゆき、その近所の山椒太夫という物もちのおそろしい白髪［しらが］の爺さんに七貫文で買われたのです。

待ちぼうけ

待ちぼうけ、待ちぼうけ。
ある日、せっせと、野良《のら》かせぎ、
そこへ兎が飛んで出て、
ころり、ころげた
木のねっこ。

待ちぼうけ、待ちぼうけ。
しめた。これから寝て待とうか。
待てば獲ものは駆けて来る。

童謡集『子供の村』に収録。「ペチカ」とともに山田耕筰の作曲で、満洲の日本人児童むけ教科書『満洲唱歌集』に掲載された。のち、『満洲地図』にも収録されている。
「安寿と厨子王」（『子供の村』所収）など、昔話・伝説に取材した童謡のひとつで、白秋の自註には「これは満洲の伝説です。」とあるが、実際には『韓非子』にある「守株待兎〔しゅしゅたいと〕」の故事をもとにしたものだろう。ここから「守株＝古い習慣に固守して時勢に対応する能力のないこと」の成語が生まれたが、白秋は漢籍に含まれる教訓臭をいっさい排して、ナンセンスでコミカルな内容にまとめあげている。

兎ぶつかれ、
木のねっこ。

待ちぼうけ、待ちぼうけ。
昨日《きのう》鍬《くわ》とり、畑《はた》仕事、
今日《きょう》は頬づえ、日向《ひなた》ぼこ、
うまい伐《き》り株、
木のねっこ。

待ちぼうけ、待ちぼうけ。
今日は今日はで待ちぼうけ、
明日《あす》は明日はで森のそと、

わが国に伝わるわらべ唄やマザーグースなどを意識したのかもしれない。

耕筰は白秋の意図を汲みとって、この童謡をあっさりと民謡風の軽快なバラードに仕上げている。エキゾチックな響きのある前奏と後奏は、大連で聴いた名物のマアチョ（辻馬車）が鳴らすチャルメラの音をヒントにしたものだという。この童謡のとぼけた味わいをより強調してみごとというほかない。

植民地という特殊な環境であればこそ、旧文部省による窮屈な制約を離れ、学校教育の場で、こうした滑稽な童謡を教材化できたのである。一九九五（平7）年には、柳川の白秋道路沿いに、この童謡の碑がつくられた。

なお、「せっせと」という語は、『子供の村』では「せっせこ」であった

兎待ち待ち、
木のねっこ。

待ちぼうけ、待ちぼうけ。
もとは涼しい黍畑《きびばたけ》、
いまは荒野《あれの》の箒草《ほうきぐさ》、
寒い北風、
木のねっこ。

註。これは満州の伝説です。満州の教育会用童謡として作ったものです。

が、のちに白秋自身の意志によってあらためられた。この童謡が歌われる際、混乱のもとになったのだが、耕筰の曲譜では初めから「せっせと」になっている。

　白秋と耕筰の最終的な意向を尊重して、この部分は「せっせと」と歌われるべきだろう。童謡の本文でも「せっせと」を採用した。

二重虹《ふたえにじ》

虹だ。虹だ。隆太郎《りゅうたろう》よ。
ああ、あれはおまえのものだ。
父《とう》さんは手をあげる。
ああ、あれは二重の虹だ。
母《かあ》さんも、あれ、手をあげてる。
虹だ、虹だ、おまえの虹だ。
向《むこ》うの木までが手をあげてる。

初出は童謡集『二重虹』（一九二六アルス）である。この童謡集には、「二重虹」というタイトルの童謡がふたつあって、こちらの童謡を「序詩」として、もうひとつの「二重虹」と区別している。

この童謡集が刊行された頃、白秋は小田原に赤屋根の洋館を構えて経済的にも安定し、三番目の妻・菊子との間に長男が生まれている。

「隆太郎よ。」とは、まだ生まれて八ケ月の長男への呼びかけである。白秋は一九一六（大5）年夏から翌年の夏にかけて、東京・葛飾の借家で文学結社「紫煙草舎「しえんそうしゃ」」を主宰したが、この童謡集の多くはその時代の窮乏生活について息子に語り聴かせる、という形式をとっている。

「二重虹」は自然現象。普通は《にじゅうにじ》と読む。通常の虹である主虹の上に、薄く副虹が現れる。主虹は水滴のなかで光が一回反射してできるが、副虹は二回反射してできるため、副虹の色は主虹の反対になる。白秋によると、小田原の山や海にはよく二重虹が立ち、隆太郎はこれを見て育ってきた、という。

ちなみに、白秋が「福岡日日新聞」（一九〇二年六月三日付）に投稿して初めて活字になった短歌は、「虹」と題されている。「此儘「このまま」に空に消えむの我世ともかくてあれなの虹の美しさ」というものであった。

蓮《はす》の花

「蓮の花おくれ。」
「おう、採《と》って来《こ》うや。」
「蓮の花だ、そうれ、
見ろや、見ろや、大《でっ》けえだ。」
ほんとだ、大けえ白蓮華《しろれんげ》、
両掌《りょうて》に載せ載せやって来《き》た、
五歳《いつつ》の三吉《さんきち》、おっぴらき。

童謡集『二重虹』に収録。初出は一九二三（大12）年二月号の「女性」である。

むかし、東京・葛飾あたりはレンコンの産地であった。ここに住んだ頃の白秋は、朝早く起きて藁草履などをつっかけて見にでかけていたという。

「蓮華」はハスの花のこと。この童謡と同じタイトルの「蓮の花」（『子供の村』所収）は、蓮のツボミの開く音を題材にしている。

近所に住む五歳の三吉に、お前の家のため池から蓮の花を採ってくれと頼んだ。すると、ほんとうに蓮の花ばかりを採ってきた。しかし、「小父さん、花くれ云ったんべ。」といわれてしまっては、小父さんの負けである。

「おや、おや、三ちゃん、花ばかり、
茎も巻葉《まきば》もありゃせぬが。」
「小父《おじ》さん、花くれ云ったんべ。」
「あっ、そうか、ありがと、わるかった。」

挿すに挿されぬ白蓮華、
坐って両掌に載せて見た。

坐って頭に載せて見た。

五歳の子どもに負けてはおとなの面目まるつぶれだが、それを「坐って頭に載せて見た。」と、童心にかえって受け流す。初出では単に「両手にいただき坐ってた。」の繰りかえしで終わっているが、これよりはるかに優れている。締めくくりのうまさは、さすがに白秋である。

自由律の会話と七・五のリズムの定型律の組みあわせがユニークで、とぼけた味わいを引きだすうえに効果をあげている。

彼岸花《ひがんばな》

坊やよ、坊やよ、またおきき、
朝です、雨です、彼岸花、
父《とう》さんお傘《かさ》は破れ傘《がさ》、
しゃがんで一本折りました。
鴉《からす》も一本折りました。
土手の真赤な彼岸花、
父さん二本目折りました。
鴉も二本目折りました。
父さん三本折りました。

童謡集『二重虹』に収録。初出は一九二三（大12）年二月号の「女性」である。

　これも葛飾に住んだ頃の窮乏生活を題材にした童謡である。

「赤い巻鬚」とは、彼岸花の花弁のことを、そのようにたとえたのである。

　破れ傘をさすような貧乏暮らしのなかで、父さんは雀と犬と鴉をかわいがって自らを慰め、日々をおくっていた。

　この童謡では、飼っていた子鴉が主役をつとめている。一般にカラスは頭が良く、たいへん人になつく。白秋は、葛飾の村の子どもたちが捕えていじめていたカラスの子をもらい受け

鴉も三本折りました。
いつまで経《た》っても雨はふる。
いくら採《と》っても採りきれぬ
赤い巻鬚《まきひげ》、おなじ数《かず》。
お腹《なか》が空《す》いたと云ったらば
かあと鴉も此方《こっち》見た。
帰ろと云ったら、彼岸花
棄《す》ててほっとき、ぴょん〳〵。
父さん後《あと》から、「おおい、待て。」

た。そして、《カア公》と名づけて、かわいがったのである。
　そんなカラスとの思い出の一齣が、坊やにむかって静かに語られている。

お米の七粒《ななつぶ》

坊やよ、おききよ、おぼえとき。
父《とう》さん貧しいその時は、
お米が七粒、銭《ぜに》が無い。
一羽の雀に粒一つ、
七《しち》羽《わ》の雀に粒七つ、
雀は啼《な》き啼き食べていた。
父さんほろほろ遊んでた。

童謡集『二重虹』に収録。初出は一九二三（大12）年二月号の「女性」である。山田耕筰のほか、大中恩の曲がある。

これも葛飾時代の生活を、坊やに語って聴かせる形式の童謡である。『二重虹』の「巻末に」によると、田圃から追われた雀が農家ではない白秋の家に逃げてくる。白秋は貧しい暮らしをしているなかで、食べる米もない日があった。しかし、ないながらも雀にわけて、自分は短歌ばかり創っていた、という。

このとき創った短歌「咳すれば寂しからしか軒端より雀さかさにさしのぞきをる」などは、『雀の卵』（一九二一アルス）にまとめられている。

織田信長

南蛮笠《なんばんがさ》に黒坊主、
お腰に牡丹《ぼたん》のつくり花《ばな》、
　織田の信長気儘《きまま》もの、
　観兵式《かんぺいしき》には飾り馬。

シルクハットで時おりは、
音楽学校観《み》に行《ゆ》こか、
　大名の子どももお洒落《しゃれ》もの、
　夕焼小焼にヴァイオリン。

童謡集『象の子』（一九二六 アルス）に収録。初出は一九二三（大12）年一月号の「女性」である。

「南蛮笠」は貴人が使用するパラソルのことである。

「音楽学校」はイエズス会（カトリックの修道会）の宣教師が安土城下に建てたセミナリヨ（神学校）のこと。教育の一環として西洋音楽が教えられていた。

「大名の子ども」とは、宣教師・ヴァリニャーノの記録に、地位の高い武士の子弟がセミナリヨで教育を受けた、とあることをさしている。

「毛唐」は毛唐人のこと。毛唐人は《毛深い唐人》から転じた語で、欧州人をいやしめていう語である。

紅鬚《あかひげ》毛《け》唐《とう》か、物真似《ものまね》か、
ハイカラづくめの寺まいり。
ゼスイット教徒は気が強い、
サンタ、マリヤで血の戦《いくさ》。

註　黒ん坊を黒坊主と云ったそうです。信長の使ったのは弥助という名がつけられていましたが、本能寺の騒ぎに逃げたそうでした。

「ゼスイット教徒」はイエズス会に導かれたキリシタン大名など、日本人信徒のことをさす。
白秋の南蛮文化への関心と関連の深い童謡である。「シルクハット」「ヴァイオリン」などの語にエキゾチックな雰囲気があふれている。
今日からすると、童謡本文の「毛唐」や自註の「黒ん坊」は適切な表現ではないが、歴史的な表現であるため、あえて原文のままにした。

あの鳴る銅鑼《どら》は

手まり唄

おてて手まり、
あの鳴る銅鑼は
阿蘭陀船《おらんだぶね》か、
南蛮船《なんばんぶね》か、
雲は紅《べん》がら、
澳門《アマカワ》遠い、
海の向《むこ》うのヴェニスの街《まち》は
切子《きりこ》硝子《がらす》に灯《ひ》の入《い》る頃か、

童謡集『象の子』に収録。初出は一九二二（大11）年一一月号の「詩と音楽」で、北村昭の曲がある。

これも白秋の南蛮文化への関心を示す童謡。「ほれ、飛んだ、／あれ、飛んだ、／赤い小鳥がまた逃げた。」に童心の発露が見られる。白秋は『象の子』の「巻末に」で、南蛮趣味の童謡は不思議に幼い時代のことを思わせる。長崎ちかくに育ったわたしは生まれたときからこうした阿蘭陀の夢を多くもって育てられてきたように思う、という意味のことを書いている。

関連する童謡に「阿蘭陀船」（『祭の笛』所収）がある。

「南蛮船」は広い意味では外国船一般のことだが、狭い意味ではスペイン

ここは長崎、出嶋《でじま》の館《やかた》、
高い窓から遠眼鏡《とおめがね》延《の》べて、
空のあちこち、お婆《ばあ》さんの異人《いじん》、
ほれ、飛んだ、
あれ、飛んだ、
赤い小鳥がまた逃げた。
　まずまず一貫《いっかん》、サンタマリヤ。

やポルトガルの貿易船を意味する。

「紅がら」は《紅殻》または《弁柄》とも書く。インドのベンガル地方で産出した酸化鉄の赤い顔料のこと。貴重品であった。長崎では唐寺［とうでら］と呼ばれる寺院が紅がらで彩られていることで有名である。

「澳門」はポルトガルの旧植民地のマカオのことである。

「切子硝子」は彫刻・切り込みなどをほどこしたガラス製品。ここではランプのことか。

「まずまず一貫、」は、手まり唄の決まり文句のひとつである。たとえば《一貫、貸した》とか《まずまず一貫、貸し申した》とかいうようにして、唄の締めくくりに用いられる。白秋の「九十九島［くじゅうくしま］」（『兎の電報』所収）でも、「まずまず一貫貸しました。」という締めくくりで終わっている。

象の子

わたしゃ象の子おっとりおっとりしてた。
何か知らぬがゆっくらゆっくらしてた。
お眼々《めめ》ふさいでうっとりうっとりしてた。
お鼻ふりふりゆうらりゆうらりしてた。
何処《どこ》か知らぬがのっそりのっそりしてた。
いつか知らぬがとうろりとうろりしてた。
何もしもせずぼんやりぼんやりしてた。

童謡集『象の子』に収録。初出は一九二三（大12）年一月号の「女性」である。山田耕筰のほか、湯山昭の曲がある。

『象の子』の冒頭に「象の子の話」という散文が載っている。

若い頃の白秋が小さな灰色の象の子になった夢を見た。自分はほんとうは象の子ではないかという気がしてきたので、そのことを森鷗外に話すと、「そうだね。君は狼でも兎でもなさそうだね。なるほど象の子かも知れん。」と笑われた、という。

――皆さん、のうろりのうろりしているのはほんとにいいものですよ。

これが白秋の結論であった。

この童謡では、「おっとりおっと

坊や
おまんまだよ。
誰《だれ》か呼ぶけどうっとりうっとりしてた。
お鼻ふりふりゆうらりゆうらりしてた。

り」「ゆっくらゆっくら」など、二語の繰りかえしと、ひらがなの多用による視覚的表現が効果をあげている。

月と胡桃《くるみ》

月のひかりが窓に来て、
町のひびきをつたえます。
僕は胡桃をコツコツと、
小《ち》さい木槌《きづち》でたたきます。
胡桃の花は青いんだ、
ね、そうですね、お母《かあ》さん。

童謡集『月と胡桃』（一九二九 アルス）に収録。初出は一九二六（大15）年一一月号の「女性」である。

「胡桃」はクルミ科クルミ属の落葉高木の総称。晩春の頃に緑色の花を房状に咲かせる。童謡では「胡桃の花は青い」とあるが、ここでいう《青》は交通信号の《緑》を《青》というに等しい。秋には房状の果実が結実し、果実中のタネが食用になる。

発表の時期からみて、前年夏の北海道・樺太旅行で函館に遊んだことから、この童謡の着想を得たものであろう。

石川啄木は一九一二（明45）年四月に病没。遺骨は一九一三（大2）年三月に函館の立待岬に埋葬されている。

僕知ってるよ、函館の
図書館の前にあったでしょ。
石川啄木って、父《とう》さんが
お友だちだと云いました。
え、死んだって、小母《おば》さんも、
家《うち》にお写真ありますか。
あ、お母さん、煙突《えんとつ》に
月の光が照ってます。

白秋と啄木との出会いは、一九〇八（明41）年のことである。啄木はこの年に北海道から上京。森鷗外邸の観潮楼歌会で白秋を知った。

白秋は啄木と会ったばかりの頃、啄木が盛岡の出身だというので、「僕の国では鬼でもいそうなところだと思っている」といった。すると、啄木は機嫌が悪くなったので、あわてて「僕の国だって熊襲［くまそ］だからね」と取りつくろった、という。

そんなエピソードも残っているが、やがて啄木は白秋の第一詩集『邪宗門』に賛辞をおくり、白秋は啄木の就職をビールで祝う仲にまでなっている。

月夜の庭

おお、明るいな、朴《ほう》の葉に
月の朴の葉うつってる。
みんなしずかだ、脚《あし》あげて
薄翅《うすば》かげろう飛ぶばかり。
ちょうど、母《かあ》さん、この庭で
いつかこうしていましたね。

童謡集『月と胡桃』に収録。初出は一九二六（大15）年一一月号の「女性」である。

小田原の北原家の庭の情景であろう。小田原郊外の緑豊かな高台に位置するこの家では塀を設けず、敷地内外の一体化が図られていた。遺された写真などによると、白秋の一家はしばしば屋外のイスに坐って談話を楽しみ、時をすごしたようだ。

「金のランプ」は、いうまでもなくアラビアンナイトの物語のことである。『思ひ出』によると、南関の母の実家で、若い叔父・石井道真「どうしん」から寝物語にこの物語を聴いたのだという。同書に「アラビアンナイト物語」と題する詩も収録されている。

ちょうどこうして、腰かけて、
あ、おんなじだ、この話。
金《きん》のランプをとりに行《い》た、
ほら、アラヂンのこの話。
蟇《ひき》が啼《な》いてる。あの晩も
草がちらちら光ってた。

「朴」はモクレン科の高木。全国に自生し、晩春から初夏にかけて一五センチほどの白く大きな花を咲かせる。葉は長形の楕円で、広葉樹のなかでも特に大きい。葉にも花にも芳香がある。酒や食物を盛る器などとして、古くから詩歌に詠われてきた。月を朴の葉に見立てるイメージがユニークである。

「薄翅かげろう」はウスバカゲロウ科の昆虫。幼虫はアリジゴクと呼ばれる。小さなトンボに似た姿で、夜は灯火に集まる。はかない命の代名詞のようにいわれるカゲロウとは別種である。

「蟇」はヒキガエルのこと。夏の季語である。

月光曲《げっこうきょく》

真珠《しんじゅ》いろしたうろこ雲《ぐも》、
ながれながれて、いい月夜。
すうと帆あげた。あれ御覧。
白い蛾《が》のよなセエリング。
波、波、光れ、つぎつぎに、
海の向《むこ》うの空までも。

童謡集『月と胡桃』に収録。初出は一九二六（大15）年一一月号の「赤い鳥」である。成田為三のほか、乗松隆一や今川節の曲がある。

「うろこ雲」は、巻積雲の俗称で、いわし雲に同じ。秋の季語。多くのウロコが並んでいるように見えるので、そのように呼ばれる。

月とうろこ雲の伝統的な取りあわせだけでは、平凡な童謡に終わったにちがいない。モダンなヨットセーリングを「白い蛾」にたとえ、さらに波や風が月光で光る動きを取り入れたことによって成功した童謡である。

風、風、かおれ、月夜には、
白いヨットが離れます。

月へゆく道

月へゆく道、
空の道。

ゆうかりの木の
こずえから、

しろいお船の
マストから、

童謡集『月と胡桃』に収録。初出は一九二八（昭３）年六月号の「赤い鳥」で、石井潔などの曲がある。

七・五調で、月夜の風景を幻想的に描いている。

「ゆうかり」はユーカリのこと。フトモモ科の常緑樹で、オーストラリア原産である。

月光が月から降りてくるのではなく、逆にこずえやマストやアンテナから登ってゆくと見る。そうした情景を月へゆく道が延びていると見立てることは、まぎれもなく子どもの発想である。

同じ『月と胡桃』所収の「月の中から来る人」では、月から寒い人がやってくる幻想を描いている。

アンテナのさき、
夜露《よつゆ》から。
月へゆく道、
光る道。
まっすぐ、まっすぐ、
青い道。

『月と胡桃』の「序」に「かの月光の中にありて、香〔にお〕いは胡桃の花と青く、けはいはよく眠る穉児〔おさなご〕の寝帽〔ナイトキャップ〕にもまさりて白く、息づかしくあれ。」とあるように、青と白は童謡集全体を覆う色である。

楡《にれ》のかげ

楡の木のかげ、
いい芝生、
鐘は梢《こずえ》に吊《つ》ってある。

農科大学、
ひるやすみ、
みんな寝ている、涼しそう。

童謡集『月と胡桃』に収録。初出は一九二六（大15）年七月号の「赤い鳥」である。

一九二五（大14）年のこと、白秋は歌人の吉植庄亮［よしうえしょうすけ］と、鉄道省（のち国鉄・JR）が主催する樺太観光団の一員として、当時日本領であった南樺太（サハリン）から北海道を旅行した。もとは関釜［かんぷ］連絡船であった高麗［こま］丸に乗船して、八月七日に横浜を出港。小樽から樺太へ渡って安別［あんべつ］・真岡など、海豹島から稚内へいき、ここで観光団と別れた。さらに旭川・札幌・函館をへて当別［とうべつ］を訪問。帰路には宮城県の松島を訪れたあと、九月七日に帰宅している。

ここは札幌、
いまは夏、
風にちょうちょうも光ってる。
お時間、お時間、
さあ起きた、
カラン、ランラン、鐘が鳴る。

この童謡は、札幌を訪れたときの印象をもとにしたもの。《風》《光》《鐘の音》と白秋好みの題材の組みあわせが絶妙である。この頃、すでに完成の域に達していた自由律によって、北国の短い夏をおおらかに歌いあげている。

「楡」はニレ科の落葉高木。春に花をつけるハルニレと秋に花をつけるアキニレがあって、北海道にはハルニレが多い。初夏には羽をつけた種子が熟し、ひらひらと風に舞う様子は風情がある。「農科大学」はいまの北海道大学のこと。白秋が訪れた当時はすでに北海道帝国大学農学部に改組されていた。北大の構内や植物園には、いまもハルニレの巨木が多く、芝生との美しい組みあわせが観光の名所になっている。

サボウ

こつりこつりと、木のおくつ
のみでほってる、足のあな。
こつりこつりと彫りかけて、
お手手いれてる、足のあな。
こつりこつりと日はながい、
春も毛ごろも、トラピスト。

童謡集『月と胡桃』に収録。初出は一九二七（昭２）年五月号の「赤い鳥」で、成田為三の曲がある。

これも、「楡のかげ」と同じく北海道旅行の印象をもとにした童謡で、七・五調のリズムと「こつりこつり」という擬音語が効果をあげている。

「トラピスト修道院」は日本最初の男子修道院で、一八九六（明29）年の創設。白秋はこの修道院がたいへん印象深かった。

『月と胡桃』には、この修道院から着想を得た「修道院の前」「修道院の裏庭」「フォーク」のほか、同じ函館のトラピスチヌ修道院（女子修道院）を題材にした「ベル」を載せている。

「毛ごろも」は毛織物の衣服。修道

こつりこつりと彫りあげて、
穿《は》いて見ている、足のあな。
こつりこつりと、ほら、あるく、
白い樺《かんば》の木のサボウ。

註、サボウとは木靴［きぐつ］のことです。北海道のトラピスト修道院では修道者がこのサボウを作って穿［は］いています。

士が着る服のことか。春でも毛ごろもを着るほど寒いという意である。

「白い樺の木」は白樺のこと。木質が柔らかいので、木靴づくりに適しているのかもしれない。「サボウ」はもともとオランダやフランスの農民などがはいていた木靴。フランス語の「sabot」に由来する語だろう。

トラピスト修道院の木靴については、南部修太郎の「修道院の秋」にも取りあげられている。

アイヌの子

大豆畠《だいずばたけ》の
露草《つゆくさ》は、
露にぬれぬれ、
かわいいな。

大豆畠の
ほそ道を、
小《ち》さいアイヌの
子がひとり。

童謡集『月と胡桃』に収録。初出は一九二五（大14）年一二月号の「赤い鳥」で、成田為三などの曲がある。「唐黍」はトウモロコシの別名である。

この童謡では、なにげない北方の風景が描かれているが、単なる写生に終わっていない。風景描写から、現地に暮らす人びとの暮らしにまで、拡がりをみせている。「いろはにほへと／ちりぬるを…」の締めくくりが秀逸で、童謡としての高い完成度を示している。

「樺太の春」（『月と胡桃』所収）にも「おどれ、馴鹿［トナカイ］、／角［つの］のえだ、／オロチョン、オロチョン、／出ておいで。」とある。ここで

い、ろ、は、に、ほ、へ、と、
ち、り、ぬ、る、を、、
唐黍《とうきび》たべたべ、
おぼえてく。

いう「オロチョン」は樺太に住むオロッコの人びとのことで、北方系の少数民族に対する白秋の強い関心が現れている。

J・O・A・K

蕗《ふき》のはやしのかたつむり、
しろいおうちをたてました。
しろいおうちのかたつむり、
角《つの》のアンテナ出しました。
ここは樺太《からふと》真《ま》岡道《おかみち》、
馬の背よりも高い蕗。

童謡集『月と胡桃』に収録。初出は一九二六（大15）年一〇月号の「コドモノクニ」である。山田耕筰のほか、中山晋平の曲がある。

当時のニューメディアであるラジオと、カタツムリの取りあわせが面白い。

「J・O・A・K」は東京放送局のこと。童謡発表の前年に、放送を開始したばかりである。試験放送の初日（三月一日）には山田耕筰が出演し、「ペチカ」が放送されている。童謡発表の年の二月には、東京・大阪・名古屋の三放送局を統合し、日本放送協会（NHK）が発足している。

しかし、この時点では三局を併せても、聴取契約数が三三万八二〇四件、

角のアンテナ、かたつむり、
J・O・A・Kきいてます。

総出力が二五〇〇Wにすぎない。白秋は船のなかでラジオを聴いていたが、小樽を出港してからほとんど聴き取れなくなり、いよいよ遠隔の地にきたことを実感した。

樺太でJOAKの放送が聴けたはずもなく、「J・O・A・Kきいてます。」は白秋の詩的表現である。

「真岡」は樺太南東部の海沿いに位置する真岡町（現・ホルムスク）のことである。

「馬の背よりも高い蕗」とは、ラワンブキと呼ばれ、二メートルにも成長する大型の蕗のことで、白秋はこれを《樺太蕗》と呼んでいる。

白秋の一行は西海岸の真岡から行政の中心地・豊原［とよはら］までを自動車で横断したが、その途中で樺太蕗の下にいる巨大なカタツムリを見て驚いている。

とうきび

裏山で兄と弟《おとと》よ、
とうきびを刈《か》っていたとよ。

熊が出た、わうと出たとよ、
とうきびを採《と》りに来たとよ。

とうきびはあかい毛だとよ、
波うってさやりさやりよ。

童謡集『月と胡桃』に収録。初出は一九二六（大15）年九月号の「赤い鳥」である。

すべての行末を感動の意の終助詞「よ」で結び、韻をふむ技法は「からたちの花」を思わせる。

「とうきび」はトウモロコシのことである。

「熊」は北海道以北に生息するヒグマのこと。オスは体長二・五メートル、体重は四〇〇キロにもなる。本州以南に生息するツキノワグマとは比較にならないほど身体も大きく、性格もどう猛である。「死んだふり」をすれば襲われないというのはまったくの迷信で、アイヌの言い伝えにもそういうものはない。

そうら来た、熊はこわいよ、
そろそろと立って来たとよ。

兄の子は死んだふりだよ、
弟《おとうと》は息もつかずよ。

熊はただ、嗅《か》いで行《い》たとよ、
とうきびをしょって行たとよ。

この話、これでおしまい、
とうきびを焼いてたべましょ。

裏山で熊に襲われた兄弟のうわさ話を童謡にした、といえばそれまでだ。
しかし、単にそれだけのことで、立派な自由律の童謡の域にまで高まっている。白秋ならではの手腕というべきだろう。

多蘭泊《たらんとまり》

軒《のき》より高い向日葵《ひまわり》は
十《とお》も出たよだ、お日さまが。
メノコ手をうて、月夜には
十も出たよだ、月《のの》さまが。
夏が来た来た、家《チセ》のそと、
多蘭泊のアイヌ村《むら》。

童謡集『月と胡桃』に収録。初出は一九二七（昭2）年五月号の「婦人公論」で、山田耕筰の曲がある。

ヒマワリの花を太陽や月に見立て、北方の夏の日をゆったりとおおらかに楽しむアイヌの人びとの生活を描いている。

「メノコ」はアイヌ語で女性を意味する。

「多蘭泊」は辺境の一寒村ではなく、アイヌ伝統音楽などの採集や古代の遺跡の発掘で知られた地。鉄道の停車場もある。多蘭泊川では、鮭の養殖・放流の事業が盛んであった。

白秋はこの旅行で、アイヌの村に咲く向日葵の大輪に感銘を受けている。

メノコ手をうて、月夜には
十も出たよだ、月さまが。

註、多蘭泊は樺太の西海岸にあるアイヌの村です。
家のことをアイヌ語では「チセ」といっています。

白樺《しらかば》の皮《かわ》はぎ

白樺の皮をはごうよ、
春さきの山の林に。
　灌木《かんぼく》に鳴くはちゃっちゃだ、
　ほら、枝に横を向いてる。
白樺の皮はくるりと、
手にはげばすぐに巻かるよ。

童謡集『月と胡桃』に収録。初出は一九二七（昭２）年四月号の「赤い鳥」である。

シラカバの樹皮は簡単に紙状に剥離する。油脂分が豊富なため、むかしから焚きつけに利用されてきた。子どもはいたずらや遊び心からではなく、焚きつけを集めるために皮はぎをしているのかもしれない。

ウグイスはウグイス科の鳥。夏を高山や山地で、秋から春にかけてを里ちかくですごす。晩春から夏にかけては「ホーホケキョ」と啼くが、それ以外のあいだは「チャッチャ」と啼くので、これをウグイスの《笹なき》という。白秋の自註に「こどもの鶯」とあるが、春先に幼鳥はいないので、笹な

二輪馬車《にりんばしゃ》カタリコトリだ、
ほら、ちゃっちゃ、じっと聴いてる。

白樺の皮はしろくて、
ぽちぽちと線《すじ》があかいよ。

あのちゃっちゃ、かわゆかったな、
ほら、遠い渓《たに》で鳴いてる。

註、『ちゃっちゃ』とはこどもの鶯［うぐいす］のことです。

きをするウグイスのことだろう。
「ちゃっちゃ」が鳥の呼び名でもあり、啼き声の聴きなし（鳥のさえずりを人のことばに置きかえて聴くこと）でもあるところに、この童謡の面白さがある。

追分《おいわけ》

からまつの林つづきに、
ぽつぽつと家《いえ》があったよ。
馬の絵馬《えま》、
門《かど》にかけてた。
　白い馬、黒馬《あお》や、栗毛《くりげ》や。

追分の宿《しゅく》のはずれに、
ちょっぽりと石があったよ。
お墓なの、

童謡集『月と胡桃』に収録。初出は一九二七（昭2）年六月号の「赤い鳥」である。

一九二一（大10）年八月、白秋は長野県軽井沢の星野温泉で開かれた「自由教育夏期講習会」に出講。画家の山本鼎の別荘に宿泊し、このとき「落葉松」などの詩を着想した。その二年後の四月にも軽井沢を訪れるなど、白秋にとっては特別な思い入れがあった。

もともと、広い意味での軽井沢は、追分・沓掛・軽井沢のいわゆる浅間三宿から形成されていた。そのうちで、最も西に位置する追分は鉄道の軽井沢駅から遠いため、白秋がこの地を訪れた頃にはすでに寂れていた。いまでは静かな別荘地になっている。しかし、

馬を祭った。
　死んだ馬、かわいそな馬。
旅びとは西へ東へ、
ほいほいと馬で行ったよ。
あかい日が
原を染めたよ。
　小荷駄《こにだ》馬、幌馬車《ほろばしゃ》の馬。
からまつの林つづきに、
ぽつぽつと家があったよ。

江戸時代には追分宿が最も繁栄した。

　かつて「旅びと」「小荷駄」「幌馬車」が行き交った賑わいが、いまではカラマツの林の中に「ぽつぽつ」と家が建つばかりだ。そんな風景を自由律でみごとに描きだしている。「死んだ馬、かわいそな馬。」に想いを馳せるところが、童謡らしくて良い。

　馬を祀った「お墓」とは、馬頭観音のこと。馬頭観音は人身馬頭、または宝冠に馬頭をいただく観世音菩薩で、江戸時代に馬の守護神として信仰された。

　追分宿のはずれ、中山道と北国街道の分岐点に「分去［わかさ］れ」というところがあって、この童謡に歌われた馬頭観音が祀られている。一七七七（安永６）年の建立で、正面に「牛馬千匹飼」とある。

ちょうちょう

ちょうちょう、ちょうちょう、
からまつ山《やま》は
まだ日が寒い。
　ちらちら飛べよ。

ちょうちょう、ちょうちょう、
三月四月、
霧雲《きりぐも》はやい。

童謡集『月と胡桃』に収録。初出は一九二五（大14）年四月号の「赤い鳥」である。成田為三のほか、宮原禎次や今川節などの曲がある。

初出の自註には「ちんころぐさとは翁［おきな］ぐさのことです」とある。

オキナグサはキンポウゲ科の多年草。長く白い毛に被われる実を翁の白髪に見立ててオキナグサと名づけられている。長野県ではチンコバナともチンコロバナともいう。細かい毛に被われた花弁は赤茶色で、陽光に照らされると鮮やかな赤に見える。早春にまず花を咲かせ、それから茎や葉が充実する性質がある。

高原の春はカラマツの芽だしからはじまり、シラカバの芽だしへと続く。

濡《ぬ》れ濡れ飛べよ。
ちょうちょう、ちょうちょう、
からまつ原《ばら》は
もう芽が萌《も》える。
木《こ》ぶかく飛べよ。

ちょうちょう、ちょうちょう、
ちんころぐさも
林に赤い。
大きく飛べよ。

「もう芽が萌える。」には、そうした春の訪れへの感動が込められている。

「ちらちら」はチョウの飛ぶ様子を表す擬態語だが、春先の木漏れ日をも連想したい。

白秋が一九二五（大14）年七月号の「赤い鳥」に書いているところによると、浅間山の裾野で、早春に思いがけなく黄色いチョウを見て驚いた。そんな実景を写生した童謡だという。

お月夜《よ》

トン、
トン、
トン、
あけてください。
どなたです。
わたしゃ木《き》の葉よ。
　トン、コトリ。

　童謡集『月と胡桃』に収録。初出は一九二六（大15）年一月号の「赤い鳥」である。山田耕筰のほか、成田為三や宮原禎次などの曲がある。

　「トン、／トン、／トン、」「トン、コトリ。」のリズムと「あけてください。」「どなたです。」の掛けあいの繰りかえしによって、穏やかで落ち着いた田園生活の月夜を描く。

　余計な修飾をすべて省き、静寂を破るかすかな音にひたすら耳を傾けている。

　この頃の枯淡閑寂［こたんかんじゃく］の境地がよくうかがえる。

トン、
トン、
トン、
あけてください。
どなたです。
わたしゃ風です。
　トン、コトリ。

トン、
トン、
トン、
あけてください。

どなたです。
月のかげです。
　トン、コトリ。

足踏《あしぶ》み

足踏みしている、
僕たちは。
空にはながれる、
よい雲が。
海にはさざなみ、
ちらちらだ。

童謡集『月と胡桃』に収録。初出は一九二六（大15）年一月号の「赤い鳥」である。山田耕筰のほか、宮原禎次や今川節の曲がある。

「山茶花」はツバキ科の樹木。晩秋から冬にかけて花が咲くため、多くの園芸種がある。ツバキとはちがって、花びらが一枚ずつ落ちる。

白秋の童謡に「山茶花」（『月と胡桃』所収）があって、「山茶花を／風がちらすよ。」と、寒い北風の風景を歌っている。

北風に負けずに足踏みする子どもたちが描かれるが、学校の行進風景はあまりにも整然としていて、行儀が良い。かつての「お祭」（『とんぼの眼玉』所収）のように、エネルギーに満

学校の外庭《そとにわ》、
ひとまわり。
まわって、足踏み、
僕たちは。
山茶花《さざんか》咲け咲け、
鐘が鳴る。

ちあふれた子どもの姿は見られない。
こうした子ども像が、この童謡集のほぼ全体にわたる主調になっている。

海の向《むこ》う

さんごじゅの花が咲いたら、
咲いたらといつか思った、
さんごじゅの花が咲いたよ、

あの島へ漕《こ》いで行《ゆ》けたら、
行けたらといつか思った、
その島にきょうは来てるよ。

童謡集『月と胡桃』に収録。初出は一九二七（昭２）年九月号の「赤い鳥」である。山田耕筰のほか、町田等などの曲がある。

五・七のリズムにのせて、遠い世界へのあこがれの想いが描かれる。

「さんごじゅ」は、スイカズラ科の常緑広葉樹で、《珊瑚樹》と書く。関東南部以西に自生する。初夏にたくさんの白い小さな花をつけ、秋に赤い実が熟す。この実が珊瑚玉のように見えることから、サンゴジュと名づけられた。

海や空に映えるサンゴジュの花や船の帆の白さが印象的である。同じ『月と胡桃』所収の「珊瑚樹」にも、同様の取りあわせが見られる。

あの白帆《しらほ》どこへゆくだろ、
あの小鳥どこへゆくだろ、
あの空はどこになるだろ。

行きたいな、あんな遠くへ、
あの海の空の向うへ、
今度こそ遠く行こうよ。

まつばぼたん

まつばぼたんの咲く頃は
いつもお日でり、夏休み、
誰《だれ》もうれしい経木《きょうぎ》帽《ぼう》。

まつばぼたんの咲く門《かど》に
いつも干します、浮袋《うきぶくろ》、
僕はまいにち通《とお》ります。

童謡集『月と胡桃』に収録。初出は一九二六（大15）年八月号の「幼年倶楽部」で、外山国彦などの曲がある。

「まつばぼたん」はスベリヒユ科の一年草。南アメリカ原産の園芸植物で、日本でも古くから親しまれている。松葉のような肉厚の葉をつけ、黄や赤など小さな牡丹のような花が咲く。炎天下を好み、雨の日や曇りの日には花が開かない。別名を日照草「ひでりぐさ」といい、夏の季語である。

「経木帽」は経木で編んだ帽子のことで、夏の季語。経木はスギやヒノキなどを紙のように薄く削ってつくる。

先に、『月と胡桃』にエネルギーにあふれる子どもの姿がなく、青と白が全体を覆うという意味のことを書いた

まつばぼたんは黄や赤だ、
いつも泳ぎに行《ゆ》くときに
僕はこのまえ通ります。

まつばぼたんの、この門で、
いつも鳴ります、浪の音《おと》、
僕はここから走ります。

が、むろん、すべての童謡がそうだというわけではない。浪の音が聴こえると、いつも走りださずにはいられない。そんな元気いっぱいの子どもの姿が、夏の強烈な太陽とマツバボタンの花の鮮やかな色で彩られる。

かえろかえろ

かえろかえろと
なに見てかえる。
　寺の築地《ついじ》の
　影を見い見いかえる。
『かえろが鳴くからかぁえろ。』
かえろかえろと
たれだれかえる。

童謡集『月と胡桃』に収録。初出は一九二五（大14）年四月号の「童話」で、山田耕筰などの曲がある。ただし、耕筰の曲譜ではタイトルが初出時の「かえろかえろと」になっている。

――空が赤く焼けて、あちこちの農家から夕飯の煙があがり、遠くのほうで、「御飯ですよう」とお母さんがたがお呼びになる。あの日の暮［くれ］ごろの、さびしい、つまらない、遊び足りない、それでいて、お腹がすいてくる、あの気もちは、忘れられない。白秋は『お話・日本の童謡』で、おおよそ、このようなことを記している。

　それはおとなの郷愁ではない。いまの子どもの目から見た情景である。そ

お手手ひきひき
ぽっつりぽっつりかえる。
『かえろが鳴くからかぁえろ。』

かえろかえろと
なに為《し》てかえる。
葱《ねぎ》の小坊主
たたきたたきかえる。
『かえろが鳴くからかぁえろ。』

かえろかえろと
どこまでかえる。

の情景を七・七・七・七・三のリズムの主旋律にのせて描き、さらに白秋が東京地方で採集したわらべ唄『かえろが鳴くからかぁえろ』を添えている。

「かえろ」はカエルのこと。カエルの《かえろ》と帰ろの《かえろ》を掛けた語である。

「築地」は屋根をふいた土塀のことをいう。

「三丁」の《丁》は《町》とも書く。距離の単位。一丁は約一〇九メートルにあたる。

一語のむだもなく、一分のすきもなく、童謡を通して日本の田園風景を描ききるテクニックは完璧である。白秋童謡のひとつの到達点だといえよう。

あかい燈《ひ》のつく
三丁さきへかえる。
『かえろが鳴くからかぁえろ。』

てくてく爺《じい》さん

月は東に、日は西に、
てくてく爺さん、丘のうえ。
あかい頭巾《ずきん》に竹の杖、
しょったお籠《かご》は、百合《ゆり》ばかり。
てくてく爺さん大きいな、
影が長いな、いつまでも。

童謡集『月と胡桃』に収録。初出は一九二七（昭２）年七月号の「赤い鳥」である。

与謝蕪村の句「菜の花や月は東に日は西に」を下敷きにしている。

しかし、ここに描かれるのは俳句の世界ではない。影が長いから大きいな、というのはまぎれもなく、子どもの発想だからだ。

「てくてく」「うねうね」の擬態語を用いて、ゆったりとした時の流れを表現する。

白秋としては珍しい「ほいょほい。」の終わり方が好ましい。子どもが面白がるにちがいない。

丘はうねうね、草の丘、
ひとつ下《お》りれば、またのぼる。
月は東に、日は西に、
てくてく爺さん、ほいょほい。

お嫁入り

馬でおむかえ、お婿さん、
きょうは裃《かみしも》、はいどうど。

牛で嫁入り、お嫁さん、
白い綿帽子《わたぼうし》、しったんたんたん。

村と村とのまんなかで、
空は月夜になりました。

童謡集『月と胡桃』に収録。初出は一九二六（大15）年一一月号の「コドモノクニ」である。中山晋平のほか、今川節の曲がある。

むかし、花嫁は馬または牛に乗った。婚礼は夜からはじめることが普通の習慣であった。

童謡集では削除されているが、初出雑誌には「附記」として「九州の田舎では、まだこうしたお嫁入りをする所があるそうです。」とある。

なお、白秋とは無関係だが、参考までに「牛に乗る嫁御［よめご］落すな女郎花［おみなえし］」（宝井其角［たからいきかく］）という句のあることを紹介しておく。

牛にのりかえ、お婿さん、
扇ひらいて、しったんたん。

馬に鞍がえ、お嫁さん、
長い振袖、はいどうど。

嫁じゃ嫁じゃと、子供たち、
あかい提灯《ちょうちん》ふりたてた。

はいしどうどう、しったんたん、
やんや、めでたや、ほうやほう。

草に寝て

雲はずん〱飛んでゆく、
雲は大きい白い鳥。
僕は寝ている、草の上、
荒《あれ》地《ち》野《の》菊《ぎく》の花のなか。
雲のつばさは明《あかる》くて、
まるで光がふるようだ。

童謡集『月と胡桃』に収録。初出は一九二六（大15）年一〇月号の「赤い鳥」で、川口晃の曲がある。

「僕の知らない野っ原」に想いを馳せることは、僕のよく見知っている世界ではない別の世界の存在に気づくことである。つまり、子どもの世界認識の拡がりを意味している。

また、「僕の知らないどっかにも、／僕に似た子もいるだろな。」という発想は、子どもなりに感じる存在不安の現れであろう。

「わが生いたち」（『思ひ出』所収）によれば、子ども時代の白秋は、現在のわが父母は果たしてわが真実の親かという恐ろしい疑いに取りつかれることがあった、という。

白いつばさの、あのしたの、
ちょうど、あの下《した》、あのあたり。

今はどこだろ、どこの町、
僕の知らない野っ原《ぱら》か。

雲はほんとにいいんだな、
いつも、どこへも、飛んでゆく。

僕の知らないどっかにも、
僕に似た子もいるだろな。

こうした子どもの感じる存在不安は、「夜中」（『月と胡桃』所収）にも通じるだろう。

雲はずん〳〵飛んでゆく、
僕は寝ている、草のうえ。

薔薇《ばら》

薔薇は薄紅《とき》いろ、
なかほどあかい。
重ね花びら、
ふんわりしてる。

薔薇は日向《ひなた》に
お夢を見てる。
蟻《あり》はへりから
のぞいて見てる。

童謡集『月と胡桃』に収録。初出は一九二六（大15）年二月号の「赤い鳥」である。成田為三のほか、宮原禎次などの曲がある。

白秋の詩集『白金ノ独楽』に「薔薇二曲」がある。「薔薇ノ木ニ／薔薇ノ花サク。／ナニゴトノ不思議ナケレド。」「薔薇ノ花。／ナニゴトノ不思議ナケレド。／照リ極マレバ木ヨリコボルル。／光リコボルル。」というもの。薔薇の花の咲く神秘に、あらためて新鮮な驚きを覚える。そうした感動を童謡という形で表現すると、この童謡のようになるのだろう。

蟻の視点から薔薇の花を見ているところが、いかにも童謡らしい。

薔薇の花びら、
そとがわ光る。
なかへ、その影
うつして寝てる。

落ちたつばき

紅《あか》いつばきが、
ぽたりと落ちた。
すこしそっぽ向いて、
地べたにすわった。

蕊《しべ》が白くて、
つやつやしてる。
黄《き》ろい花粉は、
いっぱい露だ。

童謡集『月と胡桃』に収録。初出は一九二六（大15）年四月号の「赤い鳥」である。

白秋の短歌に「大きなる椿の樹ありあかあかとひとつも花を落さざりけり」「大きなる椿ほたりと落ちしなり吃驚〔びっくり〕するな東京の子供」というものがある。

神奈川県三浦市にある源頼朝ゆかりの大椿寺〔だいちんじ〕は椿の名所で、三崎に住んだ頃の白秋はしばしばこの寺を訪れた。

この童謡では、短歌と対照的に、みごとに落花した赤ツバキの花を「すこしそっぽ向いて、／地べたにすわった。」と、子どもの感性で描ききっている。

落ちたつばきが、
見てるとうごく。
風がふっかけ、
籾《もみ》がらつけた。

同じ『月と胡桃』に、白ツバキの生け花を題材にした「つばき」がある。

露

露はする〱のぼります。

　篠《しの》のほさきにうまれます。


露は揺れます、ふくれます。

　まろい、ゆらゆら、玉ひとつ。


露は落ちそで、あぶないな。

　だけど、はずんで、またふとる。


童謡集『月と胡桃』に収録。初出は一九二六（大15）年一〇月号の「赤い鳥」で、成田為三の曲がある。

「篠」は篠竹［しのだけ］のこと。茎の細いタケやササの総称である。その穂先に「露はする〱のぼります。」というのだ。《おりる》のではなく《のぼる》という感覚が新鮮である。

「まろい」は白秋の愛用語。「からたちの花」の《まろいまろい金のたま》が最も知られる。『月と胡桃』では、とりわけ用例が多い。「からたちの花」（『子供の村』から再録）を除いて、六編もの童謡に登場する。これら以外の童謡集には一編の用例が見られるだけである。

「露はかわいいよい坊や、」は月並み

露はかわいいよい坊や、
目鼻ついてる、笑ってる。
露は夜《よ》っぴて、夜あけまで、
月の光をためてます。

な見立てであるものの、「月の光をためてます。」という締めくくりは、いかにも白秋調の独創的な表現である。

風

風は窓かけあけに来《く》る。
山の小鳥を連れて来る。

風はお窓に置いてゆく、
パンとポプラの葉をひとつ。

風はやさしい母《かあ》さんの
朝のお声を持って来る。

童謡集『月と胡桃』に収録。初出は一九二七（昭2）年一月号の「少女倶楽部」で、山田耕筰などの曲がある。

七・五音二行のシンプルな構成で、母の愛に包まれた田園生活の朝の情景がすがすがしい。

『月と胡桃』の「序」に、わたくしのうしろにいつも《永遠の母の目守り》を感じる、という意味のことを記している。

「窓かけ」はカーテンのことである。

この道

この道はいつか来た道、
　ああ、そうだよ、
あかしやの花が咲いてる。
あの丘はいつか見た丘、
　ああ、そうだよ、
ほら、白い時計台だよ。

童謡集『月と胡桃』に収録。初出は一九二六（大15）年八月号の「赤い鳥」である。山田耕筰が4分の3拍子と4分の2拍子を組みあわせた格調高い曲をつけ、藤原義江がテノールの歌声にのせて歌いあげるレコードが大ヒットした。耕筰は第三連「母さんと」を「おかあさまと」として作曲したが、のちには白秋もこの部分を「お母さまと」に変えている。

　感動の意を込めた終助詞「よ」の結びに、白秋らしさがうかがえる。白秋は「踏襲問題」（『緑の触角』所収）という文章の中で、幼時の追憶に発表前年の夏の旅行で得た北海道風景を織った。形式は五・七の二行に「ああ、そうだよ、」を挿入して一連をなした。

この道はいつか来た道、
　ああ、そうだよ、
母《かあ》さんと馬車で行ったよ。
あの雲はいつか見た雲、
　ああ、そうだよ、
山査子《さんざし》の枝も垂《た》れてる。

私の新定律のひとつである、という意味のことを書いている。

「あかしや」はマメ科の落葉高木。正しくは《ニセアカシア》または《ハリエンジュ》という。北米原産の帰化植物で、札幌では明治十年代の末ごろから街路樹として植えられはじめた。晩春から初夏にかけて、たくさんの白い花を房状に咲かせ、甘い香りがする。

「白い時計台」は札幌農学校（現・北海道大）の演武場のこと。いわゆる札幌の時計台で、この童謡が書かれた頃は、札幌市の施設として使用されていた。

「山査子」はバラ科の落葉灌木［かんぼく］。晩春から初夏にかけて、たくさんの白い花を球状に咲かせ、秋には赤い実をみのらせる。

夜中

おうちの寝間《ねま》で
わたしは寝てた。
あかりが点《つ》いて
人ごえしてた。

見知らぬ部屋に
わたしは寝てる。
あかりが点いて
人ごえしてる。

童謡集『月と胡桃』に収録。初出は一九二五（大14）年六月号の「赤い鳥」である。成田為三のほか、山田耕筰の曲がある。

ふと夜中に目をさますと、来客でもあるのだろうか。隣の部屋に燈りがついて、話し声がしている。

いつもの通り自分の家で寝ているにはちがいない。しかし、そんな非日常的な出来事があると、いつもの部屋が見知らぬ部屋のように思えてくる。そのうちきっと、寝ている自分が自分自身であることさえ、わからなくなってしまうのだろう。

七・七・七・七の定型律にのせて、そんな子どもの存在不安の高まりが描かれている。

どこだか知らぬ、
誰《たれ》だか知らぬ。
あかりが点いて
人ごえしてる。

こうした子どもの感じる存在不安は、同じ『月と胡桃』所収の「草に寝て」にも通じるだろう。

タノミズ

カワズ　ガ、カワズ　ガ、ナイテイル、
タノミズ　フエロ、
タノミズ　フエロ、
ケロック、ケロック、ヌリアゼ　デキタ。
タニシ　ガ、タニシ　ガ、ナイテイル、
タノミズ　ヌルメ、
タノミズ　ヌルメ、
コロカラ、コロカラ、タネモミ　マイタ。

未刊童謡集『驢馬の耳』に収録。初出は一九二五（大14）年八月号の「赤い鳥」で、小松耕輔の曲がある。童謡の本文は『白秋全集』第一一巻（一九三〇　アルス）から採った。

田植えをまえに、田圃に水が張られていく田園風景を描いた童謡である。「ヌリアゼ」は、畦塗りをすませた畦のこと。畦塗りは、クワなどを用いて畦のそばの田圃の土を鍬などですくい、畦の斜面へ壁を塗るようにのせていくこと。田圃の水漏れや畦に草が生えることを防ぐための作業である。

「カワズ」はカエルに同じ。カエルが鳴くのはあたりまえだが、タニシが鳴くわけがない。それを「ナイテイル」と表現するところに、白秋の感性

スイシャ　ガ、スイシャ　ガ、マワッテル
タノミズ　ヒカレ、
タノミズ　ヒカレ、
ギイトン、ギイトン、ヒバリ　モ　アガレ。

が光っている。

「スイシャ」は灌漑用の水車。人力や水力を用いて水路から田圃に水を汲みあげる装置のこと。水車がまわるたびに田圃の水が増えるから、カエルやタニシが喜ぶのである。水車小屋で粉をひく水車とは仕組みがちがう。

なお、「タノミズ」が掲載されたあと、白秋は一〇月号の「赤い鳥」の推奨童謡に「水口［みなくち］」を選んで絶賛し、作者の巽聖歌［たつみせいか］の出世作となった。これは「野芹［のせり］が／咲く田の／水口。／蛙［かえる］の／こどもら／かえろよ。／尾をとる／相談／尽きせず。／あかねの／雲うく／水口。」という童謡である。

「タノミズ」の世界を極限にまで切りつめていくと、このようになるのだろう。

雪こんこん

——遊戯唄——

雪こんこん、雪こんこん、
手つないで走ろ、
大きい子に小《ちい》さい子、
ぼうたん雪に粉雪《こゆき》。

雪こんこん、雪こんこん、
手つないでまわろ、
大きい輪に小さい輪、

未刊童謡集『驢馬の耳』に収録。初出は一九二五（大14）年二月号の「赤い鳥」で、山田耕筰の曲がある。童謡の本文は『白秋全集』第二一巻（アルス）から採った。

「木蓮」と「辛夷」はモクレン科の近縁種。どちらも春先に花をつけるが、木蓮の花は辛夷より大きい。同様に、ぼたん雪は粉雪より大きい。「ぼうたん雪」はボタン雪のことである。大きいものと小さいものの取りあわせにこの童謡の妙味がある。

「雪こんこん」はわらべ唄の常套句のひとつ。白秋が採集したわらべ唄にも「雪やこんこん。／霰やこんこん。／お寺の柿の木に、／いっぱいつもってこぉんこん。」という京都の唄な

瓢箪《ひょうたん》池に小池《こいけ》。

雪こんこん、雪こんこん、
手つないで萌《も》えろ、
大きい芽に小さい芽、
野山《のやま》ん谷に庭に。

雪こんこん、雪こんこん、
手つないでひらけ、
大きい手に小さい手、
白木蓮《しろもくれん》に辛夷《こぶし》。

ど、多くの例がある。
なお、文部省唱歌の「雪」は「雪やこんこ霰やこんこ…」で、白秋童謡には「起重機」（『赤いブイ』所収）に同じ詩句がある。

雪こんこん、雪こんこん、
手つないでおどろ、
大きい子に小さい子、
ぼうたん雪に粉雪。

ブイ

風が吹く吹く、港ぐち、
波、波、しけ波、西はとば。
ひゅうるる、寒いな、
日がくれる。
ひとつ、ちょっぽり、
赤《あか》いブイ。

軍艦、商船、はいってる、
煙《けむり》がもうもう　まっくろだ。

未刊童謡集『赤いブイ』に収録。初出は一九二七（昭2）年三月号の「コドモノクニ」で、童謡集『港の旗』（一九四二 アルス）にも収録された。童謡の本文は『白秋全集』第一一巻（アルス）から採った。

「菜葉服」は工場労働者などが着る仕事着のこと。ここでは、青い服を着た工場労働者を意味している。

一般に、「ブイ」のような人工物は、童謡の素材と考えられてこなかった。そのようなものまでをどん欲に取り込むところに、白秋の進取の気概がうかがえる。

かといって、奇をてらうわけでもない。鮮やかな赤の色彩を印象づけ、「ひゅうるる、寒（さむ）いな、」のリ

ひゅうるるさむいな、
波が立つ。
まるで　赤んぼ、
赤いブイ。

税関、鉄橋《てっきょう》、浮《うき》ドック、
ぞろぞろ　水兵、菜葉服《なっぱふく》。
ひゅうるる、さむいな、
夕やけだ。
ひとつ　ちょっぽり、
赤いブイ。

ズムの繰りかえしにのせながら、新しい素材を白秋調に調和させることに成功している。

起重機《きじゅうき》

あれあれ、牝牛《めうし》が吊《つ》られます、
宙に　からだが　ふうらりこ。
港の起重機、鉄の腕。

おつぎは馬です、吊られます、
汽船《きせん》のうえまで　そうろりこ。
港の起重機、風がふく。

未刊童謡集『赤いブイ』に収録。初出は一九二七（昭2）年二月号の「コドモノクニ」である。童謡の本文は『白秋全集』第二一巻（アルス）から採った。

この童謡も、新しい素材を童謡に取り入れようという試みのひとつ。「ふうらりこ。」「そうろりこ。」「ぼんやりこ。」という柔らかい語感の擬態語と、「起重機」という無機質で固い語感の語との取りあわせが面白い。

同じ素材を使った童謡に「クレーン」（『太陽と木銃』所収）があるが、この童謡に比べると、やや取りあわせの妙に欠ける。

こんどは馴鹿《トナカイ》、角のえだ、
吊られて　見てます、ぼんやりこ。
　港の起重機、日があかい。

牛、馬、馴鹿、波のうえ、
吊られて　ふうらり、そうろりこ。
　港の起重機、雪こんこ。

鉄工場《てっこうじょう》

しらべ革《かわ》が、すべるよ、
するするするする、すべるよ。
歯ぐるまが、まわるよ、
噛み合い、噛み合い、まわるよ。
腕が、腕が、うごくよ、
ピストン、ピストン、うごくよ。

未刊童謡集『赤いブイ』に収録。初出は一九二七（昭2）年二月号の「赤い鳥」で、童謡集『太陽と木銃』（一九四三 フタバ書院成光館）にも収録された。童謡の本文は『白秋全集』第一一巻（アルス）から採った。

「しらべ革」は《調べ革》と書く。回転する車からもうひとつの車に動力を伝える帯のこと。つまりベルトである。

新しい素材を童謡に取り入れようという試みのなかで、もっとも成功した童謡である。

終助詞「よ」の多用によって、工作機械の目まぐるしく働き躍動するイメージが強調されているが、そればかりではない。鉄道のレールをつくる工

光ってる、光ってる——刃物が、
しゅうしゅうまわる鋸《のこ》だよ。
ごんがん、鉄板《てっぱん》投《な》げるよ、
螺旋《ねじ》、螺旋、孔《あな》をあけるよ。
火花だ、鎚《つち》だ、かっかだ、
汽車のレールができるよ。

場であるから、鉄道のレールができあがることは何の驚きでもない。しかし、それはおとなの感覚であって、子どもにとっては実に驚くべきことなのだ。

　そうした子どもの新鮮な感動が「汽車のレールができるよ。」の《よ》に込められている。

酸模《すかんぽ》の咲くころ

土手のすかんぽ、
ジャワ更紗《さらさ》。
昼は蛍が
ねんねする。
僕ら小学
尋常科。

未刊童謡集『赤いブイ』に収録。初出は一九二五（大14）年七月号の「赤い鳥」で、山田耕筰の曲がある。童謡集『七つの胡桃』（一九四二 フタバ書院成光館）にも収録された。童謡の本文は『白秋全集』第一一巻（アルス）から採った。

「ジャワ更紗」はジャワ島特産のバティックのこと。ろうけつ染めの布地で、繊細な模様が特徴である。南蛮貿易を通じて日本に輸入され、豪商や茶人・上級武士が好む贅沢品であった。明治から大正にかけては、モダニズムの時流にのって、日常の衣服や小物に用いることがブームとなった。

「酸模」はタデ科のイタドリ（虎杖）やスイバ（酸葉）のこと。広く全

今朝《けさ》も通《かよ》って
またもどる。
すかんぽ、すかんぽ、
川のふち。
夏が来た来た、
ド、レ、ミ、ファ、ソ。

国に分布し、土手や草地に生える多年草。いずれも若い芽が食用となり、酸味があるのでスカンポと呼ばれる。

この童謡にいうスカンポは、スイバのことだろう。草丈は一メートルほどにも成長し、晩春から夏にかけて、わずか数ミリほどの小さな緑褐色の花の集団が円錐状に集まって咲く。果実は紅色を帯びている。そんな花または果実の姿をジャワ更紗の細かい模様に見立てたものと思われる。

一読しただけでは、のどかな田園風景を七・五調で歌いあげる平凡な童謡だ。しかし、スイバの花をジャワ更紗にたとえる感覚の鋭さで人目をひいたかと思うと、「昼は蛍が／ねんねする。」と思わぬ方向に目を転じ、「僕ら小学／尋常科。」と子どもたちの元気な姿を描く。夏がきた喜びを「ド、レ、ミ、ファ、ソ。」で締めくくる手腕は、実にみごとなものである。

アメフリ

アメアメ　フレフレ、
カアサン　ガ
ジャノメ　デ　オムカイ、ウレシイナ。
ピッチピッチ　チャップチャップ
ランランラン。

カケマショ、カバン　ヲ　カアサンノ
アトカラ　ユコユコ　カネ　ガ　ナル。

未刊童謡集『赤いブイ』に収録。初出は一九二五（大14）年一一月号の「コドモノクニ」で、中山晋平の曲がある。童謡集『太陽と木銃』にも収録された。童謡の本文は『白秋全集』第一一巻（アルス）から採った。

「雨」（『とんぼの眼玉』所収）とはどこまでも対照的で、子どもは雨降りを率直に楽しんでいる。

ただし、子どもは雨自体が嬉しいのではなくて、母さんのお迎えが嬉しいのである。「ピッチピッチ　チャップチャップ／ランランラン。」と、軽快で弾むようなリズムにのせて、母さんのお迎えを喜ぶ子どもの気もちがみごとに描きだされている。

「ジャノメ（蛇の目）」は蛇の目傘の

ピッチピッチ　チャップチャップ
ランランラン。

アラアラ　アノコ　ハ　ズブヌレダ、
ヤナギ　ノ　ネカタ　デ　ナイテイル。
ピッチピッチ　チャップチャップ
ランランラン。

カアサン、ボクノヲ　カシマショカ。
キミキミ、コノカサ　サシタマエ。
ピッチピッチ　チャップチャップ
ランランラン。

こと。色目のことなる同心円の模様を描いた和傘である。

楽譜によっては、「オムカイ（お迎い）」が「おむかえ」になったものがある。しかし、《お迎い》は《お迎え》のなまりで、れっきとした日本語である。白秋の誤用や植字工の誤植ではない。

同じように「ユコユコ」を「いこいこ」に変えたものを見かけるが、これも誤りである。

また、いまの言語感覚からすると、子どもが「キミキミ」と呼びかけるのは少し変な言葉づかいだと思いがちだ。だが、これは大正時代の童話などにもよく見かける表現で、当時はさして不自然なことではなかった。

ボクナラ　イインダ、カアサンノ
オオキナ　ジャノメ　ニ　ハイッテク。
ピッチピッチ　チャップチャップ
ランランラン。

世界の子供

子供なんだ、子供なんだ、われわれは、
世界の子供だ、みな遊ぼう。
　大きなお日さん、あお空《ぞら》だ。
見ろ、見ろ、明るいあお空だ。

子供なんだ、子供なんだ、われわれは、
世界の子供だ、よく伸びよう。
　どこでもかがやく地のうえだ。
立て、立て、緑の地のうえだ。

童謡集『白秋童謡読本』尋五の巻（一九三一　采文閣）に収録。国際連盟協会の童謡として作ったものである、という自註がある。初出は一九二七（昭2）年一月号の「雄弁」で、「世界の子供—国際連盟の為に」というタイトルのもとに掲載され、末尾に「大一五・一一・四」の日付がある。本居長世の曲があり、『青年日本の唄』（一九三二　立命館出版部）にも収録された。

国際連盟は、第一次世界大戦の反省から、一九二〇（大9）年に設立された国際機構。本部はスイスのジュネーブに置かれ、日本は創設時から一九三三（昭8）年の脱退まで常任理事国であった。

子供なんだ、子供なんだ、われわれは、
世界の子供だ、手をつなごう。
　誰《たれ》でも善《よ》い子だ、輪になった。
　来い、来い、国国《くにぐに》、輪になった。
子供なんだ、子供なんだ、われわれは、
世界の子供だ、愛しよね。
　日本の子供が叫ぶんだ。
　やめ、やめ、戦《いくさ》を失《なく》すんだ。
子供なんだ、子供なんだ、われわれは、

「国際連盟協会」は、日本国際連盟協会のこと。国際連盟と同じ年に設立された民間組織である。初代会長は渋沢栄一で、国際連盟を中心にした国際協調と国際平和の実現のため、民間への啓蒙・日本政府への働きかけ・民間外交など、各種の活動をおこなった。

　この唄が創られた頃は、まだ、国際協調・平和・軍縮が叫ばれた時代で、そうした理念を子どもにもわかりやすく、巧みに織り込む手腕は手慣れたものである。

　しかし、こうした国内外の政治的時流にのって器用にまとめられた白秋童謡からは、危うさを感じさせられなくもない。

　事実、やがて時局の流れが戦争へむかうと、白秋は戦争協力の少国民詩を多作するようになっていくのである。

世界の子供だ、みな歌おう。
　世界はよくなる、ほんとにだ、
　見ろ見ろ、よくなる、ほんとにだ。

【評伝・北原白秋】

帰らなむ、いざ

トンカ・ジョンの故郷——柳川と南関《なんかん》と

上田信道

明治の中ごろ、日本のベニスといわれる福岡県・柳川に、ひとりのトンカ・ジョンが生まれました。のちに白秋と号して、有名な詩人になります。

トンカ・ジョンは、この地方の方言で、良家のお坊ちゃんという意味。兄をトンカ・ジョン、弟をチンカ・ジョンといいます。女の子はゴンシャンです。チンカ・ジョンたちは出版社を興しました。妹のゴンシャンは画家のところへお嫁にいきました。

人名事典ふうに書くと、こうなります。

——北原白秋。一八八五（明18）年一月二五日（戸籍上は二月二五日）～一九四二（昭17）年一一月二日。童謡詩人・詩人・歌人。早大中退。本名・隆吉《りゅうきち》。福岡県山門《やまと》郡沖端《おきのはた》村（現・柳川市）に、父・長太郎、母・しけの長男として生まれる。異母姉・かよがあり、さらに次弟・鉄雄と妹・いゑ（通称

＝家子）、その下に末弟・義雄がある。のちに、鉄雄は出版社・アルスを興し、義雄は出版社・アトリエ社を興す。家子は白秋の親友の画家・山本鼎《かなえ》に嫁ぐ。ほかに妹・ちかがあったが、早世した。

白秋生家（昭和44年復元）

これでは味もそっけもありませんから、少し補足しておきましょう。

いまから考えると、実際の出生日と戸籍が一ケ月もずれるのは、ちょっと不思議です。その理由は、当時は新生児の死亡率が高かったからではないか、と思います。子どもが生まれても、しばらく様子をみてから神社にお参りをすませ、役所へ届けました。届け出が遅れると罰金を取られましたから、出生日をずらして届けておきます。白秋を敬愛してやまなかった宮澤賢治の場合も、そうでした。

また、柳川は古くは「簗河《やながわ》」と書かれました。その後も梁川や柳河というようにも書かれました。「簗」や「梁」は、川魚を捕る仕掛けのことですし、「柳」は川岸に多くのヤナギの木のあったことからきている、といわれます。戦後の市町村合併で、柳河町や沖端村などが合併して新しく柳川町が発足しましたので、行政的にも「柳川」の表記が定着しました。ここでは混乱を避けるため、特別の場合を除いて「柳川」と書きます。

観光などで柳川へいったときは、バスやタクシーなどで移動するのはあまり上手なやり方とはいえません。西鉄柳川駅から名物の《どんこ舟》に乗り、沖端川や掘割をめぐって、水郷の風景を楽しみましょう。

《どんこ舟》をおりると、そこが沖端です。北原白秋記念館（柳川市立歴史民族資料館）には、白秋の生家が復元されています。

――水郷柳河こそは、我が生れの里である。この水の柳河こそは、我が詩歌の母体である。この水の構図この地相にして、はじめて我が体は生じ、我が風は成った。

これは『水の構図 水郷柳河写真集』（北原白秋・文／田中善徳・写真 一九四三 アルス）のなかの文章で、白秋の絶筆になりました。

北原家は江戸時代から続く老舗の海産物問屋です。油屋または古問屋《ふっどい》という屋号で柳河藩の御用商人も勤めていました。祖父の代からは酒造業もはじめ、父の代にはこれを主な業にしていました。トンカ・ジョンはこの家の跡取り息子として、乳母をはじめ大勢の使用人たちにかしずかれ、大切に育てられます。

トンカ・ジョンには、もうひとつの故郷がありました。

それが、熊本県玉名《たまな》郡南関町《なんかんまち》です。この町の近郊にある外目《ほかめ》という村（現・南関町外目）に、白秋の母の実家がありました。南関は水郷の柳川とはちがい、山のなかの小さな集落です。

白秋の第二詩集の抒情小曲集『思ひ出』（一九一一 東雲堂書店）に、「わが生いたち」という文章が載っています。


——私の第二の故郷は肥後の南関であった。


このような書きだしで、白秋は母の実家での思い出を綴りました。

かつては柳川に限らず、日本の多くの地方では実家で出産する習慣がありました。トンカ・ジョンもこの家で生まれましたから、南関を第二の故郷と呼ぶのは、大げさな表現ではありません。この文章から、母の実家に関する記述をまとめてみましょう。

外目の山あいに小さなお城のような家がありました。天守造りの真白な三層楼もあって、旅人を驚かすほどであったそうです。これが石井家で、酒造業を営んでいました。トンカ・ジョンの外祖父・業隆《なりたか》は、熊本が生んだ幕末の思想家・横井小楠《しょうなん》に学びました。かなりの蔵書家で、余生を読書三昧にふけったそうです。

トンカ・ジョンの最初の乳母・シカは、トンカ・ジョンが数え年で三歳のときに亡くなりました。チフスにかかったトンカ・ジョンを看病しているうちに、自分がチフスにかかってしまったからです。

だから、南関に長逗留するときは、二代目の乳母・おいそといっしょです。トンカ・ジョンはここで、昼は山々を跳ねまわり、夜は熊本英学校をでた若い叔父・道真《どうしん》から「アラビアン・ナイト」などのお話を聞いてすごします。

読書することを覚えたのも、この家でのことでした。

叔父はトンカ・ジョンに『夢想兵衛胡蝶物語』の一冊しか自由に読ませてくれません。そこで、トンカ・ジョンは禁をやぶって、祖父・業隆の書架の本を片っ端から読みふけります。

――古い蘭書の黒皮表紙や広重《ひろしげ》や北斎乃至草艸紙《ほくさいないしくさぞうし》の見かえしの渋い手触り、黄表紙、雨月物語、その他様々の稗史《はいし》、物語、探偵奇談《きだん》、仏蘭西《ふらんす》革命小説、経国美談《けいこくびだん》、三国志、西遊記等の珍書は羅曼《ろうまん》的な児童の燃えたつ憧憬《どうけい》の情を嗾《そその》かして…

白秋は「わが生いたち」で、読書にふけった日々のことを思い出して、このように書いています。一一～一二歳のときには、書架にある本をほとんど読みつくしていたようです。

文学方面にはまったく無趣味な柳川の家とはちがう雰囲気のなかで、未来の大詩人の芽が育っていきました。

数学嫌い――初めての挫折体験

小学校時代のトンカ・ジョンは、《神童》の名を欲しいままにしました。一八九一（明24）年四月には、矢留《やどみ》尋常小学校に入学。トンカ・ジョンの祖父が寄付した校舎で勉強し、主席で卒業。柳河高等小学校に進むと、二年生を終了しただけで、一八九七（明30）年四月に県立伝習館中学校（現・伝習館高校）へ入学しています。この頃の学制は、尋常小学校と高等小学校が四年制、旧制中学が五年制でしたから、二年飛び級して入学したことになります。

からたちの道（『水の構図 水郷柳河写真集』より）

　ところが、一八九九（明32）年三月のこと。つまり、トンカ・ジョンが一四歳のときです。中学へ進んだトンカ・ジョンは、最初の挫折を体験します。三年生へ進級する試験に落第してしまったのでした。このときの成績表がまだ残っています。それを調べると、トンカ・ジョンの平均点は七四点で、かなり優秀なほうです。そんななかで、数学だけに五四点を取りました。六〇点未満は不合格ですから、これだけで落第してしまったのです。

それにしても、一〇〇年以上もまえの学校の成績のことをあれこれ書かれるとは、有名人になるのもつらいものです。白秋の名誉のために、少し追加しておきましょう。

トンカ・ジョンはなにも数学が嫌いだったわけではないようです。数学の教師が嫌いなだけだった、と思います。また、いまとちがって、この頃の旧制中学の進級試験はたいへん厳しいのです。トンカ・ジョンと同じ学年で三年生に進級できた生徒は、八四名にしかすぎません。三一名もの生徒が落第しています。

それはさておき、このときの落第を境にして、トンカ・ジョンは文学に熱中していきます。島崎藤村の詩集『若菜集』や雑誌「文庫」「明星」などを愛読しました。上京した叔父・石井道真が文学書をどんどん送ってくれますので、そういうものも読みふけりました。文学に熱中するのは良いとして、トンカ・ジョンは学校の勉強をさぼるようにもなります。すると、父との対立もおきました。五年生のときには、神経衰弱になって後半を休学。またまた、落第してしまいます。

しかし、翌一九〇三（明36）年に復学すると、級長に選ばれました。生徒の間でよほど人望があったのでしょう。また、「硯香《けんこう》」という校内新聞を主宰し、伝習館中学の《低能教育》を批判して、大騒ぎにもなりました。このとき、トンカ・ジョンは一八歳でした。飛び級で二年早く入学して、二回落第していますので、結局、元を取られてしまっています。

それだけではすみません。今度は、卒業試験をめぐって、またまた数学の教師と争いになりました。

というわけで、一九〇四（明37）年三月二〇日付で、伝習館中学を退学してしまいます。卒業試験の成績は四〇点台ばかりで、ずっと「甲」を通してきた「行状」は「乙」という、ひどいものでした。公式の記録によると、退学の理由は「脳神経衰弱症」ということになっています。

このように書いていくと、中学時代のトンカ・ジョンは先生に恵まれなかったような印象を受けるかもしれません。けれども、けっしてそうとばかりはいえません。

歴史の教師で牧野義智という先生がいました。トンカ・ジョンより九歳ばかり年上のまだ若い先生でしたが、トンカ・ジョンはこの先生から西洋文学について話を聞き、詩人になりたい、という意志をますます強く固めました。また、この先生は東京専門学校（現・早稲田大学）の出身でしたから、のちにトンカ・ジョンが上京してこの学校に進むうえでも大きな影響を与えたのだろうと思います。

トンカ・ジョンには、もうひとりの大きな影響を受けた人物がありました。それが親友であり、文学上の良きライバルでもあった中島白雨（本名・鎮夫）です。

けれども、伝習館中学を中退する直前に、トンカ・ジョンは白雨を失いました。日露戦争開戦の三日後にあたる一九〇四（明37）年二月一三日のことです。白雨はあろうことか露探（ロシアのスパイ）の疑いを受け、抗議のために自刃。遺書を受け取ったトンカ・ジョンは天を仰いで嘆き悲しみました。そして、長編詩「林下の黙想」を執筆しはじめ、白雨の遺作が「文庫」に掲載されるようにも奔走しました。

ところで、話はさかのぼって、一九〇一（明34）年三月三〇日のことです。

沖端で大火が発生しました。火災は対岸からトンカ・ジョンの家にまで飛び火し、北原家は母屋を残してすっかり焼けてしまいました。一番痛かったのは、酒蔵と大量の酒を失ったことです。広い庭や附近の掘割は酒びたしです。無数の魚が酔っぱらって浮きあがり、酒の流れに口をつけて飲んだ消防の人たちが泥酔してしまいます。

このとき、トンカ・ジョンは一六歳。魚市場にあったフタもない黒砂糖の桶に腰をかけていました。すると、運びだされた家財のなかに、日ごろ愛読の『若菜集』を発見しました。詩集は泥にまみれ、表紙もちぎれて、ヒラヒラと風にふるえています。トンカ・ジョンは、目に涙をためていつまでもいつまでもそれを見つめていた、といいます。

――三日三夜《みかみよ》さ炎あげつつ焼けたりし酒蔵の跡は言ひて見て居り

ずっとのちのことですが、白秋は大火のことを思い出して、こんな短歌を詠んでいます。この大火を機に、さしも繁栄を誇った北原家にも、衰退のきざしが見えはじめました。

それからもうひとつ。大火の年には、白秋の文学の上でも大きな出来事がありました。この年の一二月に「蓬文」という雑誌を創刊したことです。雑誌といっても気のあった文学仲間たちの間で回覧する雑誌にすぎません。いまは失われてしまいましたので、何が書いてあったかもわかりません。

しかし、このときに初めて《白秋》という号を使いました。

五行説は中国の古い思想ですが、ここでは四季に色を当てはめていきます。それが、青春・朱夏・白秋・玄冬（玄は黒）で、さらに季節の中間の土用に黄色を当てはめます。いまでも日常的に使われる《青春》という言葉は、この五行の考え方からきています。

――《白秋》の号は五行説に由来する。青春の真っ盛りだというのに、もう人生の秋を感じているのはすごい。

そんなふうに得意げに吹聴する人もあります。

ところが、実はちがうのです。号の由来は、五行説とは関係ありません。《白秋》の号は、なんと同人たちのクジ引きで決まった、といいます。というのは、まず、同人たちは全員が《白》の文字を使うことを申しあわせました。そして、もう一字をクジで決めていこう、というのです。トンカ・ジョンはたまたま《秋》の文字を引き当てただけなのでした。

それにしても、トンカ・ジョンはわずか一六歳で、なんとも枯れた名前を引き当てたものだと思います。ただ、ずっとのちのことですが、白秋は枯淡《こたん》の心境に達します。もしクジの神様というものがいらっしゃるとしたら、ずいぶん粋な計らいをなさったものです。

それはともかく、中学時代の白秋は「福岡日日新聞」や「文庫」に短歌や詩をさかんに投稿しました。入選もしています。投稿にあたっては、《薄愁《はくしゅう》》や《射水《しゃすい》》という号を使ったりもしているようです。

栄光の座──華やかな都市で輝く

一九〇四（明37）年の三月末のことでした。

鹿児島本線の矢部川駅（現・瀬高駅）から、ひとりの青年が東京へ旅立ちます。この青年こそ、伝習館中学を中退した白秋でした。まだ柳川に鉄道は通じていませんので、この駅から父の許しを得ないまま無断で上京したのです。

この日、父・長太郎は会議のため留守でした。そこで、スキをついて汽車に飛び乗った、というわけです。この日のために、母・しけは北原家の一番番頭さんに泣きついて、二百円という大金を用立ててくれました。資金は番頭さん個人の家と土地を担保に入れて、銀行から借り入れたのだそうです。

上京を境にして、白秋の文学活動は順風満帆《じゅんぷうまんぱん》です。

この年の四月号の「文庫」には、長篇詩「林下の黙想」が入選。詩壇欄全面を独占して掲載されました。他の入選作は次号まわしという破格の扱いです。五月には、早稲田大学高等予科文科へ入学しています。同級生に、若山牧水や土岐善麿《ときぜんまろ》などがいました。とくに牧水とは、しばらくの間、同じ家に同居するほど親しい交際をしました。翌一九〇五（明38）年の一月には、「早稲田学報」の懸賞募集に応募した「全都覚醒賦」が、みごと第一等に入選。同じ詩が「文庫」にも掲載されます。白秋は、新人の詩人としてめきめき売りだしていきました。

しかし、早大での勉学のほうはさっぱりです。

大学へいっても図書館で読書にふけるばかりでした。授業にはあまり出席していません。年に三回あった定期試験も、最初の一回しか受けていません。「全都覚醒賦」が入選した翌二月には、とうとう大学予科を中退してしまいました。大学の記録では「事故」という理由になっているようです。その後、どういうわけか、中退の年の九月から半年間だけ早大大学部の聴講生になりますが、これきりで白秋の学生生活はおしまいになりました。

けれども、坪内逍遙のシェークスピアの講義にだけは、ひじょうに熱心に出席していたようです。これは余談で白秋とは関係ありませんが、逍遙の講義について面白いエピソードが残っています。

――あるとき、坪内教授が「ハムレット」の講義に夢中になっていた。授業終了を知らせる鐘の音が鳴っても気がつかない。だが、学生たちも息をのんで講義に聴きいっていた。誰ひとりとして教授に声をかけようともしなかったし、席を立つ者もなかった。

あくまで伝説ですから、どこまで本当のことかは知りません。しかし、逍遙の講義が名講義だったことはたしかです。白秋にとっては、学歴や資格などという世俗的なものに興味はなく、あくまで文学の道に興味のあったことがわかります。

こうして、まだ若い文学志望の青年であった白秋は、当時の一流の文学者たちから、貪欲《どんよく》なまでに

知識を吸収していきます。

たとえば、与謝野鉄幹の勧誘に応じて新詩社に加入し、雑誌「明星」の同人になりました。この場を通じて、与謝野晶子・石川啄木・茅野蕭々《ちのしょうしょう》・木下杢太郎《もくたろう》・平野万里《ばんり》・吉井勇など、一流の文学者たちと交遊していきます。

さらに、一九〇七（明40）年の八月には、白秋のその後の文学活動を決定づける出来事がありました。それは与謝野鉄幹・木下杢太郎・平野万里・吉井勇を郷里・柳川に招き、そのついでに平戸・長崎などを旅行したことです。この旅を通じて、白秋は南蛮文学に関心をもちました。その後、第一詩集『邪宗門』（一九〇九　易風社）を刊行し、大好評を得ています。この詩集の挿画を依頼したことをきっかけに、山本鼎と親しく交際するようになりました。

一九〇八（明41）年の一二月には、画家の石井柏亭《はくてい》・倉田白羊《はくよう》・山本鼎や、文学者の木下杢太郎・吉井勇などといった青年たちと、《パンの会》というサロンの一種をつくりました。ときどき、《パンの会》の《パン》は食べる麺麭《ぱん》のことだと思う人があるようです。けれども、西洋文明にあこがれて、米食より麺麭食を好む会ではありません。《パン》というのは、ギリシャ神話の牧神のことです。

彼らは隅田川をパリのセーヌ川に見立て、当時流行したカフェーなどに集まって、芸術論を盛んに闘わせました。のちには、フランス帰りの永井荷風や高村光太郎なども、この会に参加しています。

そもそも、カフェーのはじまりは、一八八八（明21）年に鄭永慶という人が東京・下谷で開店した可否茶館なのだそうで、ここでは中国茶とコーヒーをだしました。しかし、なんといっても有名な店は、一九一一（明44）年に東京・京橋で開店したカフェープランタンです。洋画家の松山省三が経営しただけに、連日、大勢の文士や画家といった芸術家たちや、新橋あたりの芸者衆でにぎわいました。この時代のカフェーは、単にコーヒーや紅茶を提供する店ではありません。華やかな都市の文化を光り輝かせ、時代の先端をいく文化を世に送り、拡めていく役割をもになっていたのです。

一九〇九（明42）年の一月には、森鷗外が指導する雑誌「スバル」の創刊にも参加しました。ともあれ、このようにして白秋は、才気にあふれた若い芸術家たちのリーダーとなり、詩壇でゆるぎない地位を築いていきました。そして、ついに大きな栄光を手にします。

この頃、一流の文芸雑誌の中でも「文章世界」が筆頭でした。この雑誌で、白秋こそが第一人者の詩人だ、と認められたのです。それは「文界十傑得点決定発表」というタイトルで、一九一一（明44）年一〇月号に載った記事でした。雑誌の読者の人気投票によって一〇の部門からもっとも優れた文学者を選ぼう、という企画です。

その詩人の部の第一位に、みごと白秋が当選しました。ちなみに、この詩人の部の二位は蒲原有明《かんばらありあけ》、三位は与謝野寛（鉄幹）、四位は三木露風と続いています。

また、小説家では島崎藤村、劇作家では坪内逍遙、翻訳家では森鷗外、歌人では与謝野晶子などが、それぞれの分野で第一位に選ばれています。この人たちは、白秋が柳川にいた頃に愛読し、上京したばかりの頃に師事したり敬愛したりした文学者たちでした。

白秋は弱冠二六歳。ついにそんな文学者たちと肩を並べたばかりか、凌駕するまでになりました。

奈落の底——スキャンダルにまみれ田園生活へ

白秋は『邪宗門』に続いて、『思ひ出』を刊行し、好評を得ます。出版記念会の席では、かねて尊敬していた上田敏から激賞されました。

しかし、《好事魔《こうじま》多し》という言葉があります。

さかのぼって、『邪宗門』を刊行した一九〇九（明42）年の末のこと。沖端の大火を境に商売が傾いていた実家が、とうとう破産してしまいました。上京後はずっと母からの仕送りで生活していましたから、白秋は生活に窮します。一九一一（明44）年には東京で雇っていた婆やさんに暇をだし、安い下宿へ移りました。それでも、まだ母から毎月小判を三枚送ってもらって、それを一枚につき一七円のわりで両替して暮らしました。米が一〇キロで一円強という時代のことです。一九一二（明45）年の一月になると、いよいよ生活に窮した母と妹・家子が上京してきます。そこで、先に上京していた弟・鉄雄と四人で暮らすようになりました。

けれども、白秋に訪れた《魔》は、それだけのことではすみません。スキャンダルに巻き込まれたのです。それは明治という時代がまさに終わろうとする、一九一二（明45）年の夏のことでした。

――詩人白秋起訴さる　文芸汚辱の一頁
驚くべき見出しが、七月六日付の「読売新聞」に踊ります。すでに白秋は文壇の大物ですから、面白おかしく書きたてられてしまいました。

――北原白秋は詩人だ。詩人だけれど常人のすることを逸すれば他人から相当の非難をされよう。昨五日東京地方裁判所の検事局から北原隆吉として起訴せられた人は雅号白秋其の人である。起訴されたのは忌むべき姦通罪というのだ。

こうして、白秋は姦通罪で警察に勾引され、さらに市ヶ谷の未決監（拘置所）に拘留されることになります。

――第八監一三室「三八七」

白秋は囚人番号で呼ばれる身分になってしまったのです。いまの刑法にそういう罪はありませんが、《姦通罪》は禁固刑に相当する重罪でした。夫が不倫したときには適用されません。妻が不倫したときにだけ、妻と不倫相手の男が罪に問われる仕組みになっていました。

白秋の姦通相手は松下俊子という人妻です。白秋が一九一〇（明43）年九月に千駄ヶ谷町（いまの原宿）へ転居したとき、隣の家の主婦と知りあいました。それが俊子で、夫・松下長平は「国民新聞」の写真記者をしていました。長平は妻に暴力をふるうばかりか、自分の愛人との同居を妻に迫るような、素行の悪い人物です。夫婦生活は破綻し、事実上の離婚状態になっていました。

ところが、長平は白秋と俊子の関係を知ると、示談金をめあてに姦通罪で告訴したのです。


――しみじみと涙して入る君とわれ監獄《ひとや》の庭の爪紅《つまぐれ》の花

白秋はこのときの体験を、こんなふうに短歌に詠んでいます。

さいわいにも、白秋の弟・鉄雄が保釈の許可や三百円の示談金の工面に奔走してくれました。そのため、八月一〇日付で裁判所から免訴の判決を得ることができます。

ずっとのちの時代には、文士のスキャンダルぐらいは当たりまえのことで、自分の芸術のためにスキャンダルを利用する作家さえいました。しかし、この時代はちがいます。

白秋の受けた打撃は、たいへんなものでした。文壇での輝かしい名声を一挙に失いました。罪の意識にさいなまれ、錯乱状態になって、自殺を考えます。翌年の一月には、自殺を考えながら神奈川県三浦郡三崎町（現・三浦市）へ旅しました。禅の研究家としても有名な漢学者・公田《こうだ》連太郎を訪ねます。救いを求めるためでした。公田にさとされ、華やかな都会から離れて、この地の静かな環境で自分を見つめ直します。

白秋は次第に落ち着きを取りもどし、第一短歌集『桐の花』（一九一三 東雲堂書店）を刊行しました。四月には、夫と離婚した福島（旧姓・松下）俊子と再会し、正式に結婚します。五月には、これより先に郷里・柳川を引き揚げてきた父・長太郎を含む一家をあげて、三崎町向ヶ崎の通称・異人館へ転居。七月には詩集『東京景物詩及其他』（一九一三 東雲堂書店）を刊行しています。有名な「城ヶ島の雨」を作詞したのもこの頃です。ただし、父と弟はこの地でふたたび商売に失敗して東京へ帰り、白秋夫妻のみが三崎の見桃寺に残ることになります。

その後は、俊子の結核療養のために小笠原・父島に渡ったりしていますが、俊子と両親の折りあいが悪く、結局は離婚してしまいました。

一九一六（大５）年には、心機一転して江口章子《あやこ》と再婚。千葉県東葛飾郡市川町（現・市川市）や東京府南葛飾郡小岩村（現・葛飾区）に住みました。ただ、章子と結婚してからは特に経済的に苦しく、清貧という言葉がぴったり当てはまる生活ぶりです。いまとちがって、葛飾は東京郊外の田園地帯でした。白秋はこの地に居を構えて短歌を創ります。新妻との純愛に生きて、貧しくとも、うるおいのある生活をおくったのです。

一九一八（大７）年三月になると、白秋は妻とともに小田原の通称・十字お花畑へ転居しました。いちど病気療養のために訪れたこの地が、ひどく気にいったからです。

ほどなく、雑誌「赤い鳥」が創刊されると、白秋は童謡によって救われます。ようやく、経済的にも芸術的にも安定した日々をおくれるようになったのでした。

一九一九（大８）年の四月ごろからは、小田原の通称・天神山の伝肇寺《でんじょうじ》が所有する竹林を借りて、そこに小さな自分の家を建てはじめました。屋根も壁も草ぶきで、小笠原諸島の民家を意識したとい

木兎の家にて。手前が長男・隆太郎、右端が妻・菊子(大正12年)

います。正面の入り口の両側には、青いガラス窓がありました。まるで鳥のミミズクのように見えることから、この家を《木兎《みみずく》の家》と名づけます。通常は《木菟》と書いてミミズクと読みますが、白秋の家は《木兎》です。木兎の家の奥には、別棟で小さな書斎も建てています。

最初の童謡集『とんぼの眼玉』(一九一九 アルス)をだした翌年の一九二〇(大9)年五月には、木兎の家の隣に赤瓦三階建ての洋館の建設をはじめました。

しかし、華やかな地鎮祭のその日、白秋はまたしてもスキャンダルにまみれたのです。

地鎮祭のあと、料亭で開かれた宴会の席でのことでした。義弟・山本鼎と実弟・鉄雄が白秋の妻・章子を批判し、大喧嘩になります。この騒ぎのなかで章子は雑誌「大観」の記者・池田林儀《しげのり》といっしょに姿を消してしまいました。ようするに駆け落ちです。

駆け落ち事件のあと、章子は同じ小田原に住む谷崎潤一郎のもとに身を寄せ、谷崎は白秋との間に立って復縁を斡旋します。けれども、一度こわれた夫婦関係は修復できません。葛飾時代の清貧に耐え、愛を育んできた白秋夫妻でしたが、とうとう、五月二五日付で離婚届をだしました。

メディアと白秋――雑誌・レコード・ラジオを通して親しまれる

一九一八（大7）年七月のことです。夏目漱石門下の小説家として有名であった鈴木三重吉《みえきち》は、自ら赤い鳥社という出版社を興し、雑誌「赤い鳥」を創刊しました。

――子どもの心は純真である。おとなも子どもも持っている童心という理想にむけて、芸術作品を創る。

これが童心主義の芸術思潮です。三重吉はこの理想を掲げて、作家・詩人・音楽家・画家など、当時の一流の芸術家たちに協力を呼びかけました。

三重吉と白秋は以前から面識がありました。だから、「赤い鳥」の創刊については、白秋にも相談があります。創刊の年の一月ごろには、すでにかなり計画が進んでいたようです。このとき、三重吉は白秋にふたつのことを頼みました。ひとつは、新しい発想の童謡を書きおろしてくれること。もうひとつは、読者から投稿される童謡の選者になってくれることです。
　こうして、白秋は「赤い鳥」への童謡の寄稿と投稿童謡の選評を一五年ちかくも続けますが、結局のところ、ふたりは喧嘩わかれをしてしまいました。

我儘、気まま、
お山の大将、
ひとりで笑い、
ひとりで怒れ。
　けんほろろ、雉子《きじ》が啼《な》く。

我儘、気まま、
お山の大将、
ひとりでいばれ、
友だちゃ逃げる。
　けんほろろ、日が暮れる。

我儘、気まま、
お山の大将、
ひとりで泣いて、
ひとりで帰れ。
　けんほろろ、雉子が啼く。

これは「お山の大将」という童謡で、「赤い鳥」の一九三二（昭7）年一〇月号に載りました。あまり優れた童謡とはいえませんので、一〇〇選には入れませんでしたが、《お山の大将》というのは三重吉のことだ、といわれています。

おそらく、この年の夏ごろのことでした。三重吉が酒に酔って、盃の酒を白秋の顔にぶっかけるとか何とか、そういうことがあったようです。これに怒った白秋は、この年の九月号への童謡の寄稿と投稿童謡の選評を取りやめてしまいます。ただ、このときはなんとか仲直りをしました。それでも、はらいせの

「赤い鳥」創刊号表紙
（大正7年7月号）

出版記念会でスピーチする白秋、左が三重吉（昭和７年）

ようなこの童謡が「赤い鳥」に載せられた、というわけです。

しかし、翌一九三三（昭8）年一月のことです。白秋は旅行中に風邪をひいたので、予定より遅れて帰宅しました。すると、読者からの投稿童謡が自宅に届いていないのです。それで、「赤い鳥」の三月号には、白秋の童謡も読者の投稿童謡も載っていません。

このときも、白秋と三重吉は和解しようと努めますが、また酒の席で争いをおこします。四月号には白秋の童謡と投稿童謡の選評が載りましたが、それが最後でした。六月号で三重吉が、今後の自由詩の投稿は自分が選評する、と宣言します。白秋は三重吉と絶交し、自分の弟子たちを引きつれて「赤い鳥」から手を引きました。その後は、雑誌「コドモノクニ」に移って、創作童謡の寄稿と投稿童謡の選評を引き受けたのです。

ところで、「赤い鳥」といえば、一九一九（大8）年六月二二日に、この雑誌の一周年記念を兼ねた音楽会が東京の帝国劇場でおこなわれます。これが日本で最初の童謡音楽会で、白秋の「あわて床屋」（石川養拙《ようせつ》・作曲）や西條八十の「かなりや」（成田為三・作曲）などが歌われました。けれども、白秋は「赤い鳥」の一九一九（大8）年九月号にこんなことを書いています。

――どうしても童謡は作曲しないで、子供達の自然な歌い方にまかせてしまったほうが、むしろ、本当ではないかとも思われます。

どうやらこのあたりから、初めの頃は自分の童謡に曲がつけられるのを好まなかった、といわれるようになったようです。しかし、この文章は石川養拙の曲に対する批判でした。自分の童謡に曲がつけられること自体に否定的であった、ということにはなりません。また、そういうことを積極的に裏づけるはっきりした根拠もみつかりません。

さかのぼって一九一三（大2）年のことです。白秋は、芸術座音楽会のために「城ヶ島の雨」（梁《やな》田《だ》貞《ただし》・作曲）を作詞しました。さらに一九一七（大6）年にも、同じ芸術座の舞台公演「生ける屍」のために、「さすらいの唄」「今度生まれたら」「にくいあん畜生」（いずれも中山晋平・作曲）を作詞し、花形女優であった松井須磨子が劇中で歌って、話題になりました。

これらは童謡ではありませんが、それでも白秋が自分の詩に曲がつくことに興味をもっていたことはたしかです。なによりも、のちに多くの白秋童謡に曲がつけられ、それが歌われることを喜んだことは、まぎれもない事実です。

こうして、白秋童謡に曲がつけられて歌われるようになりますが、ここで注目したいのは、ニューメディアの力です。

まず、レコードを通して白秋童謡が拡まりました。

一九〇七（明40）年に国産レコード盤の試作が成功します。すると、この時代にあたらしく形成された郊外の新住民たちの間で、蓄音器やレコードを買いもとめることが、ステータスシンボルになっていったのでした。

大正の終わりごろからは、ラジオを通して白秋童謡が拡まるようになりました。

わが国のラジオ放送の歴史は、ＪＯＡＫ（東京放送局）が一九二五（大14）年三月二二日に《仮放送》を開始したことからはじまりました。六月にはＪＯＢＫ（大阪放送局）、七月にはＪＯＣＫ（名古屋放送局）が続きます。翌年には、これらを統合した日本放送協会（ＮＨＫ）が設立されています。ただ、実際にはＪＯＡＫが《仮放送》のまえに《試験送信》というものをおこなっていました。初日の三月一日に、山田耕筰と外山国彦が出演して、「ペチカ」などを演奏・歌唱したことは、時代の状況を象徴する出来事でした。

こうして、白秋は雑誌・レコード・ラジオのマルチメディアを通して、広く人びとから親しまれていったのでした。

黄金期と終焉——童心主義の童謡から童詩へ

一九二一（大10）年の四月、白秋は佐藤菊子と三度目の結婚生活に入ります。

これまでの妻たちとちがって、菊子はたいへん家庭的な女性でしたから、白秋の生活もすっかり落ち着いて充実したものになりました。翌年の三月には、長男・隆太郎《りゅうたろう》が誕生し、一九二五（大14）年六月には長女・篁子《こうこ》も誕生しています。

木兎の家があった伝肇寺のあたりは、小田原の市街からすこし離れた見晴らしの良い高台で、潮騒《しおさい》の音も聴こえてきます。附近には皇族の閑院宮家の別邸があるなど、別荘が点在する緑の豊かな田園地帯でした。

葛飾時代を含めて、白秋は華やかな都市の文化から離れ、田園地帯に暮らすことによって、新しい境地を開きました。白秋は日本に昔から伝わるわらべ唄の伝統を創作童謡に活かすことを考えましたが、この小田原の田園風景にも、どこかなつかしい日本の原風景を見たのでしょう。

このように、白秋は小田原の静かな田園生活を楽しみ、鈴木三重吉などの良き友人や良き家族にも恵まれましたから、童謡の制作意欲もきわめて旺盛です。

童謡集『兎の電報』（一九二一　アルス）、翻訳童謡集『まざあ・ぐうす』（一九二一　アルス）、童謡集『祭の笛』（一九二二 アルス）、童謡集『花咲爺さん』（一九二三 アルス）、子どもむけ童謡論集『お話・日本の童謡』（一九二四 アルス）、童謡集『子供の村』（一九二五 アルス）、童謡集『二重虹』（一九二六 アルス）ほか、次つぎに童謡集などをだしました。童心主義の時代の白秋童謡が最も輝いた日々であった、といって良いでしょう。

ところが、一九二三（大12）年九月一日の朝のこと、関東大震災が発生しました。地震によって、小田原も大きな被害を受けます。木兎の家は傾き、洋館は半壊してしまいました。そんなことがありましたので、白秋は一九二六（大15）年五月に小田原を引き払い、東京の下谷区谷中（現・台東区）に転居していきました。

転居の年の九月には、小田原時代の名ごりをおしむように、童謡集『象の子』（一九二六 アルス）をだしました。その後の童謡集『月と胡桃』（一九二九 アルス）あたりまでの作風の変遷については、一〇〇選の童謡や註釈をご覧ください。ほかに、構想だけに終わった未刊童謡集に『驢馬の耳』と『赤いブイ』があって、これらは『白秋全集』第一一巻（一九三〇 アルス）に収められています。ちなみに、この頃の本が皆アルスからでているのは、白秋の弟・鉄雄が興した出版社だからです。

これらの童謡集からのちの時代になると、白秋の関心は、読むための少年少女詩へ移っていきます。白秋はこれを《童詩》と呼びました。白秋のライバルであった西條八十や野口雨情も、しだいに童謡から流行歌の世界に活躍の場を移していきます。

これ以降の童謡集や少年詩集は、『港の旗』（一九四二 アルス）、『朝ノ幼稚園』（一九四二 帝国教育会出版部）、『満洲地図』（一九四二 フタバ書院成光館）、『七つの胡桃』（一九四二 フタバ書院成光館）、『風と笛』（一九四二 紀元社）、『太陽と木銃』（一九四三 フタバ書院成光館）、『国引』（一九四三 帝国教育会出版部）、『大東亜戦争 少国民詩集』（一九四三 朝日新聞社）と続きます。戦時中には戦争協力の少国民詩もたくさん書きました。

芸術飛行の記念写真。柳川にて恩地と（昭和３年）

けれども、これらは童心主義の時代の白秋童謡と大きく作風がちがっていますので、一〇〇選の対象にはしませんでした。

ところで、一九三七（昭12）年九月のことです。五二歳の白秋は視力に異常を感じるようになりました。一一月には、糖尿病による腎臓炎と眼底出血のために入院します。翌年の一月に退院したものの、病状はかんばしくありませんし、視力も回復しません。それでも、創作意欲は衰えませんから、口述筆記で執筆を続けました。

やがて、一九四二（昭17）年一一月二日になりました。

この日の朝、「新生だ」のひとことを残して、五七歳でこの世を去りました。命日は白秋忌と呼ばれ、いまでも多くの催しがおこなわれています。

こうして、白秋はこの世を去りましたが、ここでどうしても一九二八（昭3）年七月の《芸術飛行》について、書いておきたいと思います。

これは大阪朝日新聞社の企画で、白秋と画家の恩地孝四郎が旅客機ドルニエ・メルクールで福岡の太刀洗《たちあらい》から大阪まで飛ぶというものでした。もちろん、日本最初の企画です。

この飛行に先立ち、白秋は妻子をつれて柳川へ旅立ちました。およそ二〇年ぶりの帰郷でしたが、地元の人たちの大歓迎を受けます。そして母校の伝習館中学で講演をしたあと、懐かしい矢留小学校を訪問します。このとき、男女五人ずつの生徒が選ばれて、白秋のまえで「待ちぼうけ」を歌いました。これを聴いた白秋は、ただ泣く泣く、という状態でした。自分の童謡を歌う子どもたちをまえにして、わんわん声をたてて、泣いたのだそうです。

さらに、死の前年にあたる一九四一（昭16）年に、白秋は柳川で多磨短歌会の九州大会に出席しました。これが最後の柳川訪問になりましたが、このときに「帰去来」の詩を創っています。白秋にとって最後の本になった『水の構図 水郷柳河写真集』にもこの詩が載せられました。

山門《やまと》は我が産土《うぶすな》、
雲騰《くもあが》る南風《はえ》のまほら、
飛ばまし今一度《いまひとたび》、

筑紫《つくし》よかく呼《よ》ばへば
恋《こ》ほしよ潮《しほ》の落差《らくさ》、
火照《ほてり》沁《し》む夕日の潟《かた》。

盲《し》ふるに、早《は》やもこの眼《め》、
見ざらむ、また葦《あし》かび
籠飼《ろうげ》や水《みづ》かげろふ。

帰らなむ、いざ、鵲《かささぎ》
かの空や櫨《はじ》のたむろ、
待つらむぞ今一度《いまひとたび》。

＊「山門」は筑紫国山門郡
＊「産土」は生まれ故郷
＊「まほら」はすぐれた立派な場所

＊「恋ほしよ」は恋しいよ、の意

＊「かび」は牙または穎と書いて植物の芽
＊「籠飼」は水中に入れて魚をとる籠
＊「鵲」は筑紫地方特有のカラス科の鳥
＊「櫨」はハゼノキ
＊「たむろ」は集まるところ

故郷《ふるさと》やそのかの子ら、
皆《みな》老《お》いて遠きに、
何《なん》ぞ寄る童《わらべ》ごころ。

＊「何ぞ寄る」はどうしてこんなに想いを寄せるのか、の意

この詩こそ、ほぼ視力を失った白秋が《もう一度、故郷の空を飛びたい》と、望郷の想いを込めて歌いあげた詩でした。信時潔《のぶとききよし》が曲をつけています。

柳川を訪れると、北原白秋記念館からほんの一〇〇メートルばかり離れた小公園に、カラタチの木などに囲まれた「帰去来」の碑が建っています。この碑は一九四八（昭23）年に全国から浄財を集め、いまの矢留小学校に隣接したこの地を選んで建てられました。

これが柳川でもっとも古い白秋の碑で、いまもなお、白秋を慕う大勢の人たちが訪れ続けています。

【年譜】

年代	白秋の身辺	社会や文化の動き
一八八五（明18）年 0歳	一月二五日、福岡県山門［やまと］郡沖端［おきのはた］村（現・柳川市）に、父・長太郎と母・しけの長男として誕生（戸籍上の出生は二月二五日）し、隆吉［りゅうきち］と命名される。	一二月、内閣制度が発足し、初代総理大臣に伊藤博文が就任。この年、木下杢太郎、土岐善麿、野上弥生子、武者小路実篤、本居長世、梁田貞、若山牧水が誕生。
一八八七（明20）年 2歳	夏、チフスにかかる。看病中に感染した乳母・シカが死去。九月、弟・鉄雄が誕生。	二月、郵便のマークが「〒」に決まる。この年、荒畑寒村、小原国芳、折口信夫、信時潔、山本有三が誕生。
一八八九（明22）年 4歳		二月、大日本帝国憲法発布。
一八九〇（明23）年 5歳		一〇月、教育勅語発布。一一月、東京・上野で風船（気球）乗りの見せ物興行。
一八九一（明24）年 6歳	四月、矢留［やどみ］尋常小学校（四年制）に入学。	一〇月、濃尾地震。

一八九二（明25）年 7歳
一月、西條八十が誕生。

一八九三（明26）年 8歳 五月、妹・いゑ（通称＝家子）が誕生。
春ごろ、バイタスコップ（いまの映画のこと）の日本初興行。

一八九四（明27）年 9歳
八月、日清戦争開戦。

一八九五（明28）年 10歳 四月、柳河高等小学校（四年制）に入学。
一月、「少年世界」創刊。八月、「文庫」創刊。

一八九六（明29）年 11歳 一月、弟・義雄が誕生。
六月、三陸大津波。一一月、樋口一葉が死去。

一八九七（明30）年 12歳 四月、伝習館中学校（五年制）に二年飛び級で入学。
一月、「ホトトギス」創刊。八月、島崎藤村『若菜集』発行。

一八九九（明32）年 14歳 三月、進級試験で数学の一科目のみ不合格。留年を機に文学へ熱中する。
二月、東京・大阪間に長距離電話が開通。一一月、与謝野鉄幹が新詩社を結成。

一九〇〇（明33）年 15歳 島崎藤村『若菜集』や雑誌「文庫」「明星」を愛読し、「福岡日日新聞」に短歌を投稿しはじめる。
三月、未成年者喫煙禁止法公布。四月、「明星」創刊。

一九〇一（明34）年　16歳
三月、沖端の大火で生家の大部分が類焼し、家運が傾く。一二月、回覧雑誌「蓬文」で《白秋》の雅号を使用する。
一二月、田中正造が天皇に直訴。

一九〇二（明35）年　17歳
六月、短歌が「福岡日日新聞」に入選。文学に熱中のあまり勉学をおこたって、父と対立。神経衰弱で休学する。一〇月、短歌が「文庫」に入選。
一月、日英同盟締結。

一九〇三（明36）年　18歳
四月、中学五年に復学。校内新聞で教育内容を非難し、問題となる。
一〇月、東京・浅草に最初の映画常設館が開場。

一九〇四（明37）年　19歳
二月、親友・中島白雨（鎮夫）の自殺にショックを受ける。三月、中学の卒業試験をめぐって数学教師と争い中退。父に無断で上京。四月、長篇詩「林下の黙想」が「文庫」に入選。五月、早稲田大学高等予科に入学、同級生に若山牧水・土岐善麿など。
二月、日露戦争開戦。

一九〇五（明38）年　20歳
一月、「早稲田学報」誌に「全都覚醒賦」が第一等に入選し、「文庫」にも掲載。二月、早大予科中退。九月、早大大学部の聴講生（翌年の五月まで）となる。
五月、日本海海戦。

一九〇六（明39）年 21歳
五月、与謝野鉄幹の勧誘に応じ新詩社に加入、「明星」の同人となる。与謝野晶子・石川啄木・茅野蕭々［ちのしょうしょう］・木下杢太郎［もくたろう］・平野万里［ばんり］・吉井勇らと交遊。
六月、南満洲鉄道設立。九月、「少女世界」創刊。

一九〇七（明40）年 22歳
四月、弟・鉄雄が上京。八月、鉄幹・杢太郎・万里・勇を郷里へ招き、平戸・長崎などを旅行。南蛮文学に関心をもつ。
三月、小学校令改正（小学校六年制）。七月、国産レコード盤の試作成功。

一九〇八（明41）年 23歳
一月、「新思潮」「中央公論」「新声」誌などに詩を寄稿、文壇での地位を確立。一二月、石井柏亭［はくてい］・倉田白羊［はくよう］・山本鼎［かなえ］・杢太郎・勇らと《パンの会》を結成。
一〇月、赤い円筒形郵便ポストが制定される。

一九〇九（明42）年 24歳
一月、雑誌「スバル」の創刊に参加。三月、詩集『邪宗門』を刊行。年末、実家が破産したため一時的に帰郷する。
一月、「日本少年」創刊。五～九月ごろ、日本蓄音器商会（のち日本コロムビア）が設立され、国産レコード盤の製造を開始。七月、東京・上野で飛行船の見せ物興行。

一九一〇（明43）年 25歳
九月、千駄ヶ谷町（現・原宿）に転居し、隣家の人妻・松下俊子と恋愛感情を結ぶ。パンの会の最盛期で、フランス帰りの永井荷風・高村光太郎も参加。
五月、ハレー彗星が最接近し、地球滅亡のデマが拡がる。七月、『尋常小学読本唱歌』（文部省）発行。八月、日韓併合。一二月、日本におけ

一九一一（明44）年　26歳
五月、詩集『思ひ出』を刊行。一一月、「朱欒［ザンボア］」を創刊。

る飛行機の初飛行。五月、『尋常小学唱歌』（〜一九一四文部省）発行開始。この頃、カフェープランタンの開店をきっかけに、カフェー文化が盛んになる。

一九一二（明45・大1）年　27歳
一月、母と妹・家子が上京し、弟・鉄雄と四人で、浅草区聖天横町（現・台東区）に居住。七月、松下俊子の夫・長平から姦通罪で告訴、拘留される。八月、示談が成立して免訴となる。弟・義雄が上京。冬、父・長太郎が上京して一家は郷里を捨てる。

七月、明治天皇崩御。九月、日本活動写真（日活）設立。同月、乃木大将夫妻殉死。

一九一三（大2）年　28歳
一月、神奈川県三浦郡三崎町（現・三浦市）に公田［こうだ］連太郎を訪ねる。同月、短歌集『桐の花』を刊行。四月、夫と離婚した福島（旧姓・松下）俊子と再会し、正式に結婚。五月、一家をあげ三崎町向ヶ崎の通称・異人館へ転居。七月、詩集『東京景物詩及其他』を刊行。同月、「城ヶ島の雨」を作詞。父と弟は商売に失敗して東京へ帰り、白秋夫妻のみ三崎の見桃寺に残る。

八月、レコード「お伽歌劇ドンブラコ」発売。

一九一四（大3）年 29歳
三月、妻・俊子の結核療養のため小笠原・父島に転地。七月、帰京し、麻布に一家で居住するが、俊子と離婚。九月、「地上巡礼」を創刊。
四月、宝塚少女歌劇団第一回公演。七月、第一次大戦開戦。大正バブル経済がはじまる。

一九一五（大4）年 30歳
四月、弟・鉄雄と阿蘭陀書房を設立し、「ARS」を創刊。八月、短歌集『雲母［きらら］集』を刊行。
八月、第一回全国中等学校野球大会（いまの高校野球）。

一九一六（大5）年 31歳
五月、江口章子［あやこ］と結婚、千葉県東葛飾郡市川町（現・市川市）の亀井院内に居住。六月、東京府南葛飾郡小岩村（現・葛飾区）に転居。一〇月、詩文集『白秋小品』を刊行。この頃、特に生活が窮乏。
五月、インドの詩人・タゴール来日。

一九一七（大6）年 32歳
七月、本郷区動坂町（現・文京区）に転居。弟・鉄雄が出版社・アルスを設立。九月、妹・家子が山本鼎と結婚。
三月、ロシア革命勃発。一一月、ソビエト政権樹立。

一九一八（大7）年 33歳
三月、神奈川県足柄下郡小田原町（現・小田原市）の通称・十字お花畑に転居。七月、雑誌「赤い鳥」創刊。童謡を寄稿し、投稿童謡の選評を担当する。一〇月、小田原町の通称・天神山の伝肇寺［でんじょうじ］に転居。
一月、レコード「さすらひの唄」（唄・松井須磨子）発売。八月、シベリア出兵。同月、米騒動が全国に拡まる。一一月、武者小路実篤ら「新しき村」を開村。

一九一九（大8）年 34歳

この頃、「中央公論」「雄弁」「新潮」などに執筆。生活の窮乏を脱す。五月、伝肇寺の竹林に《木兎［みみずく］の家》と書斎の方丈を建てる。一〇月、第一童謡集『とんぼの眼玉』を刊行。

四月、「おとぎの世界」創刊。六月、日本最初の童謡音楽会開催。七月、「こども雑誌」創刊。一〇月、「小学男生」「小学女生」創刊。同月、レコード「茶目子の一日」発売。同月、『「赤い鳥」童謡』の刊行開始。一一月、「金の船」創刊。

一九二〇（大9）年 35歳

二月、詩文集『雀の生活』を刊行。五月、木兎の家の隣地に三階建て洋館の建築を開始。地鎮祭の日に妻・章子が家出し、まもなく離婚。八月、『白秋詩集』第一巻を刊行。

一月、国際連盟設立。三～五月、尼港（ニコライエフスク）事件。四月、「童話」創刊。六月、レコード「かなりや」発売。

一九二一（大10）年 36歳

一月、山本鼎・片上伸・岸辺福雄と「芸術自由教育」を創刊。『白秋詩集』第二巻を刊行。四月、佐藤菊子と結婚。五月、童謡集『兎の電報』を刊行。六月、詩文集『童心』を刊行。八月、短歌集『雀の卵』を刊行。一二月、翻訳童謡集『まざあ・ぐうす』を刊行。

一月、少女歌手第一号の本居［もとおり］みどりが「十五夜お月さん」でレコードデビュー。

一九二二（大11）年 37歳

三月、長男・隆太郎が誕生。四月、民謡集『日本の笛』を刊行。六月、童謡集『祭の笛』を刊行。九月、山田耕筰と「詩と音楽」を創刊。

一月、「コドモノクニ」創刊。二月、ワシントン海軍軍縮条約調印。四月、「令女界」創刊。

年	白秋の事項	社会の出来事
一九二三（大12）年 38歳	六月、詩集『水墨集』を刊行。七月、童謡集『花咲爺さん』を刊行。九月、関東大震災で小田原の住居が半壊する。	七月、日本航空設立。九月、関東大震災。
一九二四（大13）年 39歳	一二月、子どもむけ童謡論集『お話・日本の童謡』を刊行。	六月、築地小劇場開場。
一九二五（大14）年 40歳	五月、童謡集『子供の村』を刊行。六月、長女・篁子〔こうこ〕が誕生。八月、吉植庄亮と北海道・樺太を旅行。	三月、ラジオ放送開始。四月、治安維持法公布。五月、普通選挙法公布。
一九二六（大15・昭1）年 41歳	三月、童謡集『二重虹〔ふたえにじ〕』を刊行。五月、小田原を引き払い、下谷区谷中（現・台東区）に転居。九月、童謡集『象の子』を刊行。一一月、「近代風景」を創刊。	一二月、大正天皇崩御。
一九二七（昭2）年 42歳	五月、アルス「日本児童文庫」叢書を擁護して、興文社「小学生全集」叢書の編者・菊池寛と対立。	三月、青い眼の人形使節の歓迎式典。同月、金融恐慌はじまり、銀行倒産あいつぐ。
一九二八（昭3）年 43歳	七月、大阪朝日新聞社の企画で、恩地孝四郎と旅客機で福岡～大阪間を《芸術飛行》する。およそ二〇年ぶりで柳川へ帰郷。	三月、三・一五事件。六月、張作霖爆死。

一九二九（昭4）年　44歳
三月、童謡論集『緑の触角』を刊行。六月、童謡集『月と胡桃』を刊行。九月、アルス『白秋全集』の刊行を開始。
八月、文部省が学校で流行歌を禁止。一〇月、世界恐慌はじまる。

一九三〇（昭5）年　45歳
二月、南満洲鉄道の招きで四〇日あまりの満蒙旅行。五月、九州を旅行し、六月に空路で帰京。一一月、編著『赤い鳥童謡集』を刊行。
四月、ロンドン海軍軍縮条約調印。

一九三一（昭6）年　46歳
六月、『白秋童謡読本』を刊行。九月、『北原白秋地方民謡集』を刊行。
九月、満洲事変。

一九三二（昭7）年　47歳
四月、編著『日本幼児詩集』を刊行。五月、大木敦夫と「詩論」を創刊。一一月、「短歌民族」を創刊。
三月、満洲国建国。五月、五・一五事件。

一九三三（昭8）年　48歳
四月、鈴木三重吉と絶交。「赤い鳥」からも絶縁。六月、年刊の個人全集『全貌』の刊行を開始。一〇月、『鑑賞指導・児童自由詩集成』を刊行。
三月、日本が国際連盟を脱退。

一九三四（昭9）年　49歳
一月、『白秋全集』完結。四月、短歌集『白南風［しらはえ］』を刊行。六月、台湾総督府の招きで、八月末まで台湾を旅行。
二月、映画館でニュース映画の定期上映はじまる。

一九三五（昭10）年　50歳
六月、多磨短歌会を結成し、「多磨」を創刊。七月、大阪毎日新聞社の依頼で朝鮮を旅行。
九月、第一回芥川賞・直木賞。

一一月、山田耕筰の発起で、生誕五〇年を記念し、「白秋を歌う夕」を開催。

一九三六（昭11）年 51歳
八月、奈良県信貴山で多磨全国大会を開催。一〇月、「赤い鳥」終刊号に鈴木三重吉の追悼詩などを寄稿。一二月、国民歌謡集『躍進日本の歌』を刊行。
二月、二・二六事件。六月、鈴木三重吉が死去。

一九三七（昭12）年 52歳
九月、視力に異常を感じはじめる。一一月、糖尿病による腎臓炎と眼底出血で入院。
七月、蘆溝橋事件。八月、上海事変。日中戦争拡大。

一九三八（昭13）年 53歳
一月、退院するも、視力は回復せず。口述筆記で執筆を継続する。
一〇月、内務省警保局「児童読物改善ニ関スル指示要綱」実施。

一九三九（昭14）年 54歳
六月、にわかに歌興が高まり徹夜で短歌を詠むが、医者の警告で中止する。一一月、短歌集『夢殿』を刊行。
五月、ノモンハン事件。九月、ドイツがポーランドに侵攻し、第二次大戦開戦。

一九四〇（昭15）年 55歳
四月、杉並区阿佐ヶ谷に転居。八月、短歌集『黒檜』を刊行。一〇月、詩集『新頌』を刊行。
九月、日独伊三国同盟締結。

一九四一（昭16）年 56歳
一月、『白秋詩歌集』第一巻を刊行。三月、「海道東征」（信時潔・作曲）が福岡日日新聞文化賞を受賞し、家族で九州から西日本を旅行。五月、芸術院会員に推される。一一月、城ヶ島に碑が建立される。この頃より病状が悪化する。
三月、国民学校令公布。同月、『ウタノホン　上』『うたのほん　下』発行（文部省）。音楽の教科書が完全国定化。一二月、太平洋戦争開戦。

一九四二（昭17）年　57歳

二月、病状が悪化し、入院。三月、歌論集『短歌の書』を刊行。四月、母の脳軟化症を心配し、退院。病状はますます悪化するが、創作意欲は盛ん。同月、少国民詩集『港の旗』を刊行。五月から「週刊少国民」誌に少年詩の掲載を続ける。七月、童謡集『朝ノ幼稚園』を刊行。九月、少国民詩集『満洲地図』を刊行。一一月二日、永眠。五日、青山斎場で葬儀。勲四等に叙せられる。一二月、多磨墓地に埋骨。

一月、学徒出陣令。四月、日本本土に初空襲。六月、ミッドウェー海戦。

（上田信道作成）

【索引】

〈あ〉

〈か〉

〈さ〉

【資料提供協力】
北原東代
財団法人 北原白秋生家保存会
竹久夢二美術館

【主要参考文献】

北原白秋 文・田中善徳 写真『水の構図 水郷柳河写真集』（一九四三 アルス）
北原白秋 著・野田宇太郎 校訂制作『柳河版 思ひ出』（一九六七 御花）
上笙一郎『童謡のふるさと 上・下』（一九六二 理論社）
藤田圭雄『日本童謡史 Ⅰ・Ⅱ』（一九七一・八四 あかね書房）
藤田圭雄『童謡の散歩道』（一九九四 日本国際童謡館）
山本太郎 ほか編著『新潮日本文学アルバム25 北原白秋』（一九八六 新潮社）
佐藤通雅『北原白秋』（一九八七 大日本図書）
滝沢典子『近代の童謡作家研究』（二〇〇〇 翰林書房）
上田信道『謎とき 名作童謡の誕生』（二〇〇二 平凡社新書）
上田信道『名作童謡ふしぎ物語』（二〇〇五 創元社）

編著者紹介

上田信道（うえだ・のぶみち）

大阪生まれ。児童文学研究家。日本児童文学学会、雨情会会員。大阪教育大学大学院修了後、大阪府立高校の教諭・大阪国際児童文学館主任専門員を経て、神戸親和女子大学非常勤講師など。

著書に『名作童謡ふしぎ物語』（創元社）、『謎とき 名作童謡の誕生』（平凡社新書）、『日本昔噺』（校訂解説・平凡社東洋文庫）、『現代日本児童文学選』（共著・森北出版）、『日本児童文学大事典』（共編著・大日本図書）など。

URL http://www.nob.internet.ne.jp

名作童謡 北原白秋100選

平成十七年六月二十日初版第一刷発行

著者 北原白秋
編著者 上田信道
発行者 和田佐知子
発行所 株式会社 春陽堂書店
郵便番号 一〇三―〇〇二七
東京都中央区日本橋三―四―十六
電話番号 〇三(三八一五)一六六六
URL http://www.shun-yo-do.co.jp
装幀 後藤 勉
印刷製本 有限会社 ラン印刷社

乱丁本・落丁本はお取り替えいたします。

ISBN4-394-90233-9 C0092